어느 날 문득,
내가 달라졌다

어느 날 문득, 내가 달라졌다

김이환·장아미·정명섭·정해연·조영주 지음

생각학교

차
례

가슴, 앓이

정해연

1

선하는 안고 있던 검은색 에코백을 더욱 힘껏 끌어안았다. 등에 멘 책가방 때문에 버스 의자에 편히 기대앉지 못했지만, 역설적이게도 선하는 이 자세가 편했다. 왠지 입술이 말랐다. 살짝 갈라진 아랫입술을 질끈 깨물었다. 누가 꾹 쥔 듯 조여드는 심장이 살아보겠다고 온 힘을 다해 펄떡거리는 것 같았다. 식은땀이 났다. 선하는 이 버스를 타기로 한 10분 전의 자신을 원망했다.

선하는 석 달 전부터 은파시 중심가에 있는 독서실에 다니고 있다. 중학교 2학년이지만 어떤 친구들은 벌써부터 이름만 들어도 알 법한 일타강사의 수업을 들으러 서울의 학원을 다녔다. 그 정도까지는 아니더라도 대부분의 아이들이 학원 몇 군데는 기본으로 돈다. 하지만 선하는 독서실을 택했다. 그나마도 집에 있는 쌍둥이 동생들이 아니었다면 등록하지 않았을 거다. 선하는 혼자가 편했다.

독서실에서는 30분에 한 대꼴로 귀가 차량을 운행했다. 선하는 열한 시 정도까지 공부한 뒤 독서실 차를 타고 집에 오곤 했다. 그런데 오늘따라 집중이 잘돼서 평소보다 조금 늦게 공부를 마쳤다. 서둘러 가방을 챙겨 나오는 선하의 눈앞에서 독서실 차가 쌩하니 출발했다.

다음 차를 타려면 앞으로 30분은 기다려야 한다는 얘기였다. 30분은 기다리기엔 너무 길고, 독서실로 돌아가 가방을 다시 풀기엔 애매한 시간이었다. 밤이지만 너무 더웠다. 아침 뉴스에서 들은 열대야라는 말이 실감 났다. 자신의 몸무게 절반은 될 것 같은 빵빵한 가방을 둘러멘 선하가 에코백을 품에 안고 버스 정류장으로 향한 것이 10분 전이었다.

선하는 지금, 버스를 타겠다고 결심한 자신을 깊이 원망하고 있다.

선하는 아주 미세하게 고개를 틀었다. 그러고는 곁눈질로 자신의 대각선 뒤쪽에 앉은 남자를 살폈다. 잘 보이지 않았지만, 분명히 이쪽을 보고 있는 것이 느껴졌다.

남자는 선하가 버스에 올랐을 때 이미 앉아 있었다. 남자를 제외하고 다른 승객은 없었다. 막차인 데다가, 버스가 은파시의 외곽을 도는 노선이기 때문에 더 그랬다. 이곳은 자녀

들의 학업과 자신들이 좋아하는 전원생활 사이에서 부모님이
찾아낸 동네였다.

[학생입니다.]

　선화가 카드를 찍자마자 나오는 음성 때문이었을까. 운전
석 뒷줄 가운데쯤의 의자에 앉아 있던 남자가 문득 고개를 들
었다. 검은 모자 아래에 감춰져 있던 남자의 시선이 선하와
마주쳤다. 순간 남자의 가느다란 눈이 쓰윽 아래쪽으로 내려
가더니 선하의 가슴 쪽으로 향했다. 선하는 자기도 모르게 에
코백을 힘껏 끌어안으며 남자를 지나쳐 뒤쪽으로 갔다. 버스
의 끝자리는 계단을 올라야 했기 때문에 그보다 한 칸 앞에
있는 의자에 앉았다. 그때까지만 해도 식은땀이 흐를 정도로
긴장한 건 아니었다. 선하의 긴장이 시작된 것은 버스가 출발
하고 한 정거장쯤 지났을 때였다. 남자가 천천히 통로를 걸어
뒤쪽 자리를 향해 왔다.

　선하는 남자가 내리려고 하는 줄 알았다. 그런데 하차 버
저를 누르지 않고 가까이 다가오는 것이었다. 남자는 선하 쪽
으로 자리를 옮겼다. '왜?!' 선하는 두렵고 이상하다는 생각으
로 머릿속이 뒤죽박죽되었지만, 남자에게 신경을 쓰지 않는
척 쳐다보지 않으려고 고개를 돌리는 것만이 최선이었다. 남

자가 흘긋 선하를 보고는 계단을 올라 여러 개의 의자가 나열된 맨 뒷자리에 앉았다. 그때부터 선하는 심장이 뛰고 온몸이 조여드는 것 같았다. 그가 높은 자리에 앉아서 계속 자신을 내려다보는 것만 같았다. 그럴수록 선하는 에코백을 더 끌어안았다.

'내가 다시 앞자리로 옮길까?'

'운전기사 아저씨한테 도움을 요청할까?'

여러 가지 생각이 머리를 스쳤지만 적절한 것 같지 않았다. 어쨌거나 남자는 아직 선하에게 아무 짓도 하지 않았으니까. 도움을 요청하기 위해 선하가 버스 기사 아저씨에게 할 수 있는 말은 '저 남자가 자리를 옮겨 앉았어요' 정도뿐인 것이다.

다시 앞자리로 가서 앉는 것 역시 남자를 피하고 있다는 인상을 줄 수 있다. 괜한 시빗거리가 될지 모른다.

선하는 자신이 내려야 하는 정류장이 다가올수록 더욱 심장이 조여들었다. 선하가 내릴 정류장은 종점 바로 직전이다. 그때까지 남자가 내리지 않는다면 그것은 두 가지 가능성을 가진다. 하나는 남자의 목적지가 종점이라는 것, 나머지 하나는… 남자가 선하를 따라 내리리라는 것.

남자가 선하의 동네에 사는 사람일 경우는 희박했다. 이 정류장에서 내리는 사람은 전부 선하가 사는 전원주택 단지의 사람들이라고 해도 과언이 아니다. 선하가 아는 한, 인근에는 다른 민가가 없다. 말이 전원주택 단지이지 채 일곱 가구밖에 되지 않아서, 선하는 입주할 때 인사한 동네 사람들의 얼굴을 거의 알았다. 동네에 이런 젊은 남자는 없었고, 며칠 전 이사 왔다던 집에 어린 자녀가 있다고 했지만 딸이라고 했다.

남자는 어디서 내리려는 걸까. 선하는 일부러 버저를 누르지 않고 기다렸다. 저 앞에 선하가 내려야 하는 버스 정류장이 환하게 불을 밝히고 있었다. 남자는 아직 버저를 누르지 않았다.

버스가 정류장을 지나치려는 찰나, 선하가 버저를 황급히 누르며 의자에서 튕기듯 일어났다.

"아저씨, 죄송해요! 내릴게요!"

"아우, 빨리빨리 눌러, 좀!"

아저씨는 핀잔하면서 급히 브레이크를 밟았다. 반쯤 일어나던 선하의 몸이 털썩 의자에 내려앉았다. 선하는 한 손으로는 앞 좌석의 손잡이를 잡으면서도 한 손으로는 가슴에 끌어안고 있던 에코백을 놓지 않았다.

차가 멈추고 문이 열리기 무섭게 선하는 버스에서 뛰어내렸다.

"휴."

자신도 모르게 중얼거리면서 허리를 숙이고 숨을 몰아쉬었다. 그사이 버스는 출발했다. 괜한 오해를 한 모양이라 생각하며 상체를 일으켜 세우는 순간이었다.

숨소리가 들려왔다. 자신의 것이 아니었다.

휘둥그레진 눈으로 앞을 보았지만 이미 버스는 저 멀리 달려가고 있었다. 버스 뒷면 유리창에 보여야 할 남자의 머리가 보이지 않았다.

'내렸다.'

손가락 끝이 덜덜 떨렸다. 선하는 걸음을 빨리하며 앞으로 걸어 나갔다.

선하는 한 손을 주머니에 넣어 휴대폰을 꺼냈다. 전화를 거는 척 액정 패드를 누른 뒤 재빨리 귓가에 가져다 대었다. 액정 화면에서 아무런 빛도 나지 않는다는 것을 남자가 알지 못하기를 바랐다. 오늘따라 독서실에서 떠드는 아이가 많아 내내 이어폰을 귀에 꽂고 음악을 듣느라 배터리가 다 닳아버린 탓이었다.

선하는 일부러 목소리를 높였다.

"엄마? 나 버스에서 내렸는데? 어, 거의 다 왔다고?"

"저기요."

남자의 목소리가 선하를 얼어붙게 했다. 하지만 잠깐 멈췄을 뿐 선하는 더욱 걸음을 빨리했다. 거의 뛰기 시작했을 때 남자에게 어깨를 붙잡혔다.

"사람이 부르잖아!"

"꺅!"

남자가 강한 힘으로 선하를 돌려세웠다. 선하는 자신도 모르게 비명을 질렀다. 순간 남자의 손이 선하의 가슴 쪽으로 뻗어왔다. 선하는 에코백을 한껏 끌어안으며 몸을 숙였다. 그러고는 목이 터져라 새된 비명을 질렀다. 지나가는 누군가라도 들어주길 바라는 마음이었다.

"조용히 안 해?"

남자가 욕을 뱉듯 협박을 하고는 웅크린 선하의 어깨를 잡아챘다. 선하는 절대 몸을 풀지 않을 각오로 온 힘을 다해 웅크렸다. 그때였다.

"야, 이 새끼야!"

고개를 돌린 곳에는 환한 플래시 불빛과 함께 한 여자애가 씩씩거리며 서 있었다. 나중에 알게 된 이름이지만 그것이 지세린, 그 아이와의 첫 만남이었다.

2

그 여자애가 들이댄 불빛은 휴대폰에서 나오는 것이었다.

"이 범죄자 새끼야, 나는 지금 동영상을 찍고 있고, 방금 경찰에 신고까지 했거든? 넌 이제 죽었어."

"쳇."

고개 숙인 선하의 머리 위에서 남자의 불만 섞인 소리가 들려왔다. 선하는 살았다고 생각했다. 설마 경찰을 불렀다는데, 서툰 짓을 할 것 같지는 않았다. 하지만 그런 생각을 한 것도 잠시, 머리에 엄청난 충격이 가해졌다. 생각지도 못한 일에 선하의 몸이 옆으로 나동그라지며 지금껏 힘겹게 끌어안고 있던 손에 힘이 풀어졌다. 동시에 뭔가가 쑥 빠져나가는 기분이 들었다. 선하가 안고 있던 에코백이 남자의 손에 들렸다. 남자는 황급히 도망쳤다.

"야, 이 개자식아!"

남자의 다급한 발소리와 함께 여자애의 고함이 들렸다.
선하는 맥이 탁 풀렸다. 흙이 묻는 것도 생각지 못하고 그대
로 털썩, 온몸이 바닥에 떨어졌다. 사라진 남자를 향해 별의
별 욕을 쏟아붓던 여자애가 황급히 선하에게로 다가왔다.

"괜찮아?"

"아…. 너무 놀라서."

여자애는 선하를 일으켜 앉혔다. 머리가 잠깐 핑 돌았지
만 금방 눈앞이 맑아졌다.

"잠깐만."

여자애는 들고 있던 휴대폰의 액정 화면을 다급히 터치했
다. 그걸 본 선하가 물었다.

"경찰에 신고했다며?"

여자애는 통화 버튼을 누르려던 손을 멈추고 선하를 보았다.

"당장 큰일 날 것 같아서 그럴 생각도 못 하고 나섰어. 나
도 사실 나서고 나서 아차 했음."

상황과는 어울리지 않았지만, 선하는 픽 웃었다. 그러고는
천천히 자리에서 일어섰다. 치마 아래로 드러난 다리에 약간
의 핏방울이 맺혀 있었다. 넘어지면서 바닥에 쓸린 것 같았다.

"신고하고 전화 좀 빌려줘. 엄마한테 전화하게."

"너 가방 뺏겨서 어쩌냐."

걱정스러운 듯 인상을 구긴 여자애와는 반대로 선하는 차분하게 대답했다.

"별거 아니야. 스케치북밖에 안 들어 있어."

"뭐?"

여자애의 입이 헤벌어졌다.

"고작 스케치북? 그걸 그렇게 보물단지처럼 끌어안고 있었다고? 그러고 있으니까 뭐라도 든 줄 알고 가방을 노린 거잖아!"

선하는 뭔가 대답을 하려다 그냥 입을 다물었다. 말해봐야 웃음거리만 될 뿐이다. 교복 치마에 묻은 흙을 툭툭 털었다. 그사이 여자애는 경찰에 전화를 걸었다. 피해 상황을 얘기하자 출동하겠다고 했다. 신고를 마친 뒤 선하는 휴대폰을 빌려 엄마에게 전화를 걸었다. 경악하는 목소리에서 파랗게 질린 엄마의 얼굴을 떠올릴 수 있었다.

"어쨌든 도와줘서 고마워."

"같은 동네 사람끼리 돕고 살아야지, 뭐."

여자애는 고작 스케치북을 그토록 소중한 물건인 양 끌어안고 있었다는 걸 여전히 이해할 수 없다는 표정이면서도 자

———— 가슴, 앓이

세히 묻지 않았다.

"너 이 동네 살아?"

묻는 것과 동시에 최근에 이사 온 집에 딸이 한 명 있다는
얘기를 들은 것이 생각났다.

"응. 이사 왔어. 너 파란 대문 집에 사는 애지?"

선하가 사는 동네는 개발사에서 똑같은 디자인의 전원주
택을 지어 분양한 단지였다. 다만 나무로 만들어진 대문의 색
깔을 각기 다르게 하여 포인트를 주었다. 덕분에 단지 내 사
람들은 대문 색깔로 서로를 불렀다. 빨간 대문 집, 초록 대문
집…. 선하네 집은 여자애의 말처럼 파란 대문 집이었다.

선하가 고개를 끄덕이자 여자애가 말했다.

"그러잖아도 또래가 있다고 해서 궁금했는데. 자주 보게
되겠네."

"학교는 어딘데?"

여자애는 의미심장하게 씩 웃고는 선하가 입은 교복을 향
해 턱짓했다.

"같은 학교인 듯?"

같은 학교라고는 했지만 같은 반까지 될 줄 몰랐다. 조회

시간에 담임 선생님의 뒤를 따라 들어온 그 여자애는 자신의 이름을 지세린이라고 소개했다. 적갈색에 가깝게 염색한 머리를 손으로 쓸어 넘기며, 틴트를 발라 반들거리는 입술로 잘 부탁한다고 말했다. 여자애들의 입이 대번에 비쭉거렸고, 몇몇 남자애는 휘파람을 불 기세로 입술을 동그랗게 모으며 관심을 드러냈다.

지세린의 교복은 초등학생이나 입어야 할 정도로 작아 보였다. 그러잖아도 쫙 달라붙는 상의는 가슴 밑에서 얼마나 조였는지 단추 한 개를 풀어헤친 셔츠의 목둘레 부분이 벌어져 자칫하면 브래지어 끈이 보일 것만 같았고, 속치마를 만들려다 잘못 재단한 듯 엉덩이 밑에서 끊어진 치마는 계단 하나도 올라가기 힘들 정도로 몸에 달라붙었다.

"싼. 티. 나."

쉬는 시간이 되자 옆자리에 앉아 있던 하나가 눈꼴시다는 듯 고개를 절레절레 저으며 속삭였다. 선하는 시끌시끌한 옆 분단을 보았다. 언제 그렇게 친해졌는지 지세린은 남자애들에게 둘러싸여 있었다. 다리를 꼬고 책상 위에 걸터앉은 지세린은 목소리를 높여 까르르 웃었다.

선하는 싼 티 난다는 하나의 단어 선택이 그렇게 마음에 들지 않았지만, 입을 다무는 것으로 대답을 대신했다.

그때 지세린과 눈이 마주쳤다.

"스케치북! 경찰에 찾아달라고 했어?"

순간 호기심 어린 아이들의 눈이 선하에게로 쏠렸다. 일말의 배려도 없는 말에 선하는 혀를 내둘렀다. 옆에 앉은 하나도 당장 무슨 소린지 물을 기세로 선하를 돌아보았다.

"스케치북? 경찰? 무슨 소리야? 너 재랑 원래 알던 사이였어?"

"아, 그게…. 나중에 얘기해줄게."

곤란한 얼굴로 선하가 얼버무리는 사이 지세린이 책상 위에서 뛰어내려 다가왔다. 지세린은 조금의 거리낌도 없이 선하의 책상 위에 폴짝 뛰어 올라앉았다. 습관인 건지 일부러 그러는 건지 또다시 다리를 꼬자, 남자애들의 시선이 이쪽을 흘깃거렸다. 선하의 미간이 구겨졌다.

"어떻게 됐어? 경찰서에선 연락 없었어?"

"잡았대."

빨리 대화를 끝내고 싶은 마음으로 중얼거리듯 답했다.

"다행이네."

"너희 아는 사이야?"

다른 친구가 끼어들었다.

"우리? 같은 동네 살아. 스케치북은 새로 샀어?"

한 번 정도야 무의식중에, 혹은 무심해서 그럴 수 있다. 그러나 저 싱글거리는 얼굴. 다른 아이들이 궁금해할 수밖에 없도록 자꾸만 스케치북 얘기를 꺼내는 것. 선하는 분명 지세린이 자신을 놀리는 걸로 생각했다. 아니, 분명한 의도를 갖고 모멸감을 주려 하는 거라고 확신했다. 어쩌면 자신을 빌미로 아이들의 관심을 끌고 싶은 건지도 모른다. 선하는 자신을 내려다보는 지세린을 노려보듯 올려다보았다. 그러고는 목소리를 낮추고 경고하듯 말했다.

"너, 팬티 보여."

눈이 휘둥그레졌던 지세린이 까르르 웃음을 터트렸다.

3

체육 시간은 짜증 난다. 무슨 수를 써서라도 피하고 싶은 수업이 있다면 선하는 주저 없이 체육 수업을 꼽을 수 있다. 체육 수업만 사라진다면 인어 공주처럼 목소리라도 내놓을 수 있을 것 같다. 선하는 체육 수업 직전이면 늘 화장실로 숨어들었다. 다른 아이들은 탈의실이나 교실에서 교복을 갈아입었지만 선하는 그러고 싶지 않았다. 좁은 화장실에서 옷을 갈아입고 아이들이 모두 체육관으로 나간 뒤에야 선하도 그곳으로 갔다. 모두 다 줄을 선 뒤, 맨 뒷줄에 서려는 의도였다. 가장 눈에 띄지 않는 자리. 그래야 마음이 편했다.

"야, 등 좀 펴라. 누가 보면 척추 나간 줄."

누군가가 탁, 등을 치는 바람에 계단을 내려가던 선하는 화들짝 놀랐다. 또 지세린이었다. 지세린은 막대 사탕을 입에 물고는 씩 웃으며 선하를 보고 있었다.

전학을 온 지 일주일. 지세린은 선하에게 여러 방식으로 말을 걸어왔지만, 선하는 이 아이가 너무도 불편했다. 자기도 모르게 시선으로 지세린의 차림새를 훑었다.

이 아이는 자신의 몸매를 드러내지 않으면 견디지 못하는 것 같다. 등 뒤에서 허리 부분을 잔뜩 당겨 핀으로 꽂았다. 가슴이 잔뜩 부각되는 동시에 잘록한 허리가 눈에 띄었다. 팔만 살짝 들어도 맨살이 그대로 드러날 것 같았다. 체육복 역시 이름이 무색하게도 너무 달라붙어 스키니진처럼 보였다.

"안 가?"

지세린이 적갈색의 머리를 찰랑이며 휙 돌아서 앞서 나갔다. 그 뒷모습을 보며 선하는 한숨을 내쉬었다. 지세린은 다른 여자아이들이 제 차림새를 두고 흉보는 걸 상상도 못 하는 것 같았다.

"빨리빨리 들어와!"

체육관에 도착하자 수업이 시작되기 직전이었다. 지세린 때문에 괜히 더 다른 아이들의 시선을 받는 것 같았다. 당당한 걸음으로 지세린이 줄의 맨 끝으로 가서 섰다. 남자아이들은 호기심으로, 여자아이들은 미움과 질투로 지세린을 흘깃거렸다. 그런 시선 따위는 알 바가 아니라는 듯 지세린은 기지개를 켜듯 양팔을 들어 올리더니 이어 오른 손목에 걸려 있던 머리끈으로 머리카락을 올려 묶었다.

아아, 역시 맨살이 다 드러나잖아.

"줄 똑바로 서고! 자, 오늘은 바통 터치 연습을 한댔지?"

체육 선생님은 선하를 향해 손가락을 세워 흔들었다. 지세린의 옆에 바짝 붙어 서라는 것이었다. 완벽한 계산 착오였다. 지세린의 옆에 서다니. 외모가 비교당하는 것은 둘째치고 지세린 때문에 선하까지 덩달아 시선을 받게 생겼다. 선하가 어떻게든 피하고 싶던 일이었다. 아랫입술을 질끈 깨무는 선하를 내려다보던 지세린은 눈이 마주치자 생긋 웃었다. 그러고는 여전히 등을 말고 서 있는 선하에게 자세를 곧게 하라는 듯 제 등을 곧게 펴 보였다.

짜증이 났다. 선하는 다음부터는 어떻게든 지세린의 옆에 서지 않겠다고 다짐했다.

그러나 사람의 인생은 늘 예측 불가라 했던가.

"같은 라인에 선 사람들끼리 한 팀이다."

선하는 절망했다. 지세린과의 불편한 조우 때문만은 아니었다. 이번 수업이 바통 터치 연습이라고 했을 때부터 느낀 감정이었다. 체육 선생님은 조별로 계주 시합을 할 생각이었다.

'싫다, 싫다, 싫다.'

온종일 그 생각만 했다. 지금이라도 여기서 쓰러져버릴까?

"너 잘 뛰어?"

지세린이 또 어깨를 툭 치며 물었다. '제발 묻지 마.'

"아, 아니 나는…."

"아 봐. 김선하랑 같은 조야!"

대답을 하기도 전에 날아온 불만 가득한 목소리가 선하의 입을 막았다. 같은 줄에 서 있던 박창욱과는 1학년 때도 같은 반이었다. 선하가 어떤 식으로 달리는지 이미 알고 있었다.

선하는 얼굴이 화끈거렸다.

"뭐래. 나도 잘 못 뛰어. 성적에 들어가는 것도 아닌데 웬 예민?"

지세린이 대신 대꾸해주었다. 하지만 선하는 하나도 고맙지 않았다. 그냥 지금 자신에게 쏠린 이 관심이 싫을 뿐이었다.

"너 쟤 뛰는 거 보고나 말해. 타의 추종을 불허한다."

지세린의 타박은 역시나 박창욱의 대꾸를 불렀다. 그리고 그 대꾸는 모든 아이들의 관심을 불러 모았다.

'무슨 일이야?'
'대체 어떻게 뛰는데?'
'한번 보자.'
수군수군. 수군수군.
'어서 뛰어봐.'

그때 휘슬이 울렸다. 체육 선생님이 호루라기를 분 것이었다.

"자, 조별로 모여서 계주 순서 정하고 바통 터치 연습해. 다음 주에는 실제로 달리기 시합을 할 거니까."

선하가 정신을 차렸을 때 이미 다른 아이들은 삼삼오오 조끼리 모이고 있었다. 선하와 같은 줄에 서 있던 지세린과 박창욱을 포함한 다른 세 명의 아이도 한쪽에 모여 빨리 안 오느냐는 듯이 선하를 보고 있었다. 조금 전까지 선하의 귓가에 울리던 그 수군거림이 진짜로 있었던 것인지 아닌지 구분이 되지 않았다. 가까이 가자 지세린이 뒤에서 선하의 어깨에 손을 올렸다.

"내가 선하 바통 받을게."

'차라리 정면에서 뛰는 꼴을 보고 싶다고 말해.' 선하는 그 소리가 튀어나오려는 것을 억지로 참았다. 하지만 싫다고 말할 수도 없었다. 선하네 반은 남자 비율이 압도적으로 많았다. 선하의 조에서 지세린을 빼면 다 남학생이었다. 최악이냐, 차악이냐. 선하에게 놓인 선택지는 그 두 가지뿐이었다.

선하는 자신의 어깨에 올려진 지세린의 팔 때문에 끌려 올라간 체육복 상의를 신경질적으로 끌어내렸다.

생각하는 사이, 아이들이 2미터 간격을 띄고 줄을 섰다. 맨 뒤에 있던 아이가 달려가 앞에 있는 아이에게 바통을 전해주는 연습이었다. 선하의 앞에는 지세린이 있었다. 눈이 마주치자 선하는 고개를 홱 돌려버렸다. 뒤를 향해 팔을 내밀고 허리를 숙였다. 무게 중심이 앞으로 향하자 체육복이 바닥을 향해 흘러내리는 것 같았다. 선하는 축 처지는 체육복의 배 부분을 신경 쓰며 손으로 눌렀다.

"야, 여길 봐야지!"

선하에게 바통을 건네줘야 하는 박창욱이 소리를 질렀다. 동시에 뒤로 내밀고 있던 선하의 손에 탁, 하고 차가운 플라스틱의 감촉이 전해졌다. 순간적으로 움켜쥐었지만, 팔을 흔들기 무섭게 바통이 몸에 부딪혀 바닥에 떨어졌다.

"괜찮아, 선하야! 빨리 와."

괜찮다면서 뭘 빨리 오라는 거야. 선하는 우왕좌왕하며 바통을 주워 들었다. 그러고는 정면을 보았다. 달리기 위해 오른발이 땅을 박찼다. 동시에 덜컹, 하는 충격이 있었다. 선하는 곧장 체육복 상의의 배 부분을 잡아 앞으로 당겼다. 뜀은 차라리 걷는 게 나을 정도로 아주 느렸다. 앞에서 보는 지세린의 눈이 휘둥그레졌다. '쟤 뭐 하는 거야.' 그런 생각을 하는 게 분명했다.

4

눈을 번쩍 떴다. 새하얀 천장과 누워 있는 침대 주변을 둘러친 흰 커튼을 보면서, 선하는 자신이 쓰러졌음을 깨달았다. 하지만 양호실인가, 싶었던 생각은 금세 틀렸다는 것을 알았다. 팔에 연결된 링거, 병원이었다.

"깼어?"

무심한 듯한 특유의 목소리. 지세린은 침대 옆에 앉아 선하를 내려다보고 있었다. 다리를 꼰 채로 눈만 쓱 돌려 선하를 보던 지세린은 정신이 들었느냐며 호들갑을 떨지도, 나가서 의사를 불러오지도 않았다.

"선생님이 전화했어. 너희 엄마 곧 오실 거야."

"응."

선하는 상체를 일으켜 앉았다. 눈앞이 아주 잠깐 흔들리며 어지러웠지만 머리를 흔들며 참았다. 어차피 엄마가 올 때까지 병원에서 기다리고 있어야 했지만, 왠지 일어나야 할 것 같았다. 역시 지세린은 누워 있으라고도, 괜찮으냐고 묻지도 않았다.

"급성 스트레스라던데? 뛰는 게 그렇게 싫었나? 아니면

속이 울렁거렸어? 이러고 뛰던데."

확실히 지세린은 무심하다. 그 무심함엔 배려가 없다. 지
세린은 체육복 상의 안쪽으로 두 손을 넣은 다음 몸을 비비적
거리며 약 한 시간 전 선하의 달리기 흉내를 냈다. 우스꽝스
럽게 양쪽 입술 끝을 늘어뜨리고 눈은 위로 까뒤집은 상태였
다. '몸은 인정하지만, 얼굴은 왜 그렇게 하는 거야' 하고 말하
려다 길어질까 봐 그만뒀다.

"그런 거 아니야. 이제 가봐."

"말은 왜 돌려? 말해봐. 왜 그러는 건데? 진짜로 속이 자
꾸 안 좋아? 그러고 보니 너 지난번에도 스케치북 들어 있던
가방 꼭 끌어안고 있었잖아."

"아니라고!"

"아, 왜 짜증이야? 혹시 속 안 좋은 거면 의사한테 말해줄
랬더니. 그럼 뭐야? 배가 시려서 마사지라도 하는…."

"말도 안 되는 소리 하지 마!"

선하의 목소리가 날카롭게 치솟았다. 지세린이 어이없다
는 듯 눈을 휘둥그레 떴다.

"그날이야 뭐야. 왜 나한테 난리래?"

어찌해볼 수 없을 정도로 짜증이 솟구쳤다. 말하고 싶지

않은데 자꾸 건드리는 것도, 저렇게 무례한 것도, 아니 지세린의 존재 자체가 선하를 예민하게 만들었다.

"네가 뭘 알아? 넌 몸매에 세상 자신 있지? 그런 네가 뭘 아느냐고!"

"갑자기 뭔 소리래? 얼평도 예의 없을 판에 갑자기 웬 몸평?"

지세린은 장난기 어린 얼굴로 고개를 갸웃했지만, 선하는 그 장단에 맞춰줄 여유가 없었다. 참고 참았던 것이 터지니 멈춰지질 않았다.

"그래! 넌 다 드러내놓고 다니니까 내가 이해 안 되겠지! 키는 작고 가슴만 이렇게 큰 게 어떤지 네가 알기나 해? 체육 시간만 되면 싫어 죽을 지경인 마음을 알아?"

순식간에 지세린의 얼굴에서 장난기가 지워졌다. 대신 멍청하다 싶을 정도로 입이 벌어졌다. 지세린은 휘둥그레 뜬 눈을 몇 번 껌벅였다. 그것뿐이었으면 용서가 됐을지도 모른다. 하지만 지세린은 멍한 얼굴로 손을 뚜껑처럼 구부려 자신의 양쪽 가슴 위에 얹었다. 움켜쥐지 않은 것이 그나마 다행이었다.

"가슴?"

그 태도에 더 화가 솟구쳤다. 선하의 얼굴이 일그러졌다. 하지만 지세린은 그런 것을 모르는지, 아니면 선하의 감정 따위는 상관이 없다는 것인지 더욱 목소리를 높이며 입을 멈추지 않았다.

"찌찌? 너 지금 이 가슴 말한 거 맞아?"

"아예 마이크에 대고 말하지그래."

지세린이 뭔가 말하려 입을 여는 것과 동시에, 다행히 커튼 자락이 열렸다.

"깼어요? 여기 응급실이라 좀 조용히 해야 하는데?"

커튼 사이로 들어온 간호사 선생님이 살짝 눈을 흘기며 웃었다. 선하는 얼굴이 달아오르는 것을 느꼈다. 조금 전의 대화가 다 들렸을 것이다. 간호사 선생님은 링거가 들어가는 속도를 확인하고는 선하의 얼굴을 보았다.

"괜찮아요? 어디 아픈 데는 없고?"

머리가 아픈 것 같다. 그러나 그건 지세린 때문이다.

"괜찮아요."

"아직 부모님 안 오셨죠?"

간호사 선생님이 지세린을 보았다.

"곧 오실 거예요."

"부모님 오시면 말해줘요. 아까 의사 선생님이 말했던 대로 특별한 이상은 없고 일시적인 거니까 걱정은 안 해도 되고."

"네."

지세린이 대답했다. 간호사 선생님은 나가기 직전 가볍게 경고하듯 두 사람을 향해 검지를 치켜들었다. 선하가 고개를 살짝 숙여 보였다.

간호사 선생님이 나가기 무섭게 또다시 가슴이 어쩌고 하며 신경을 긁어댈 줄 알았던 지세린은 웬일인지 입을 다물고 생각에 잠겼다. 그러나 그것도 잠시, 곧 뭔가를 깨달았다는 듯 고개를 치켜들었다.

"그럼 너 그때 그 스케치북 들었던 가방 끌어안고 있었던 게!"

지세린이 한숨을 푹 쉬었다.

"무슨 금은보화라도 들은 것처럼 그렇게 끌어안고 있으니까 그놈이 날치기하려고 했던 거구만! 어쩐지, 끝까지 가방을 뺏으려고 하더라!"

"그만해. 그리고 이제 그만 가."

선하는 등을 돌려 누우려고 했다.

"그럼 너 아까 체육복 안에 자꾸 손 넣은 것도 티셔츠 몸에 안 붙게 하려고 그런 거야? 가슴 드러날까 봐?"

"그만하라고."

"야, 가슴이 무슨 죄야? 넌 가슴이 숨겨놓은 자식이라도 되냐? 드러내면 안 되게?"

"그만하랬지! 그래! 넌 잘났지? 그렇게 잘나서 다 드러내놓는 거잖아!"

"뭘 또 그렇게 내가 다 드러내놓는다고…."

"옷은 온몸에 딱 붙게 입고! 넌 네가 되게 잘난 줄 알지? 여자애들이 뒤에서 뭐라고 수군대는 줄이나 알아? 다들 너 싼 티 난다 그래!"

그렇게 소리치는 것과 동시에 선하는 자신이 실수했다는 것을 깨달았다. 굳어버린 지세린의 표정을 보면서 돌이킬 수 없다는 것도 알았다. 차라리 지세린이 상처받은 표정이었다면 달랐을까. 지세린은 똑바로 선하를 응시하고 있었다. 슬퍼하는 것도, 노려보는 것도 아닌, 칼처럼 곧고 날카로운 시선으로 선하를 향해 묻고 있었다.

'그 말이 맞는 거라고 생각해?'

함부로 던진 말은 칼이 되어 자신에게 돌아온다. 얼마 전

학교에서 열렸던 소설가의 특강에서 들었던 말이 떠올랐다. 그 말은 일부는 맞고 일부는 틀리다. 함부로 던진 말은 되돌아와 자신에게 박힌다. 그런데 칼이 아니다. 이것은…. 그래, 죄책감이다.

"김선하."

화난 듯한 목소리에 흠칫 고개를 들었다. 지세린의 뒤쪽으로 엄마가 보였다.

5

"어지럽진 않아?"

운전을 하는 엄마는 여전히 정면을 응시한 채였다. 걱정하는 말이었지만 표정은 다정하지 않았다. 굳은 얼굴. 화가 난 것이다. 어쩌면 실망한 것인지도 모른다. 같이 병원을 와준 친구에게 그런 말을 하는 딸을 봤으니 말이다. 게다가 상대는 얼마 전 선하를 위기에서 구해준 동네 아이다. 그런 생각을 하자마자 선하는 마음이 불편해졌다. 마지막에 보았던 지세린의 그 눈빛이 떠올랐기 때문이다.

"괜찮아."

기어가는 목소리로 대답하자 엄마가 나직하게 한숨을 쉬었다.

"그 친구한테는 사과해."

"내가 알아서 할게."

"알아서 한다는 게…!"

소리를 지르려던 엄마는 아랫입술을 깨물었다. 화를 삭이려는 것 같았다. 여기서는 우회전을 해야 했다. 속도를 줄이며 엄마가 고개를 이쪽으로 돌린 순간, 선하는 자기도 모르게 눈을 피했다.

"대체 언제까지 그럴 거야? 콤플렉스인 거 다 아는데, 이젠 어쩔 수 없는 거잖아. 병원 치료도 받고 했는데도 안 되는 걸 어떻게 해?"

그 병원에 다닌 것 때문에 어떤 일이 있었는지 엄마는 모른다. 성조숙증 치료. 선생님께 그렇게 말하는 걸 들은 아이가 있었다. 초등학교 5학년이었다. 아주 어리지도, 아주 성숙하지도 않은 나이. 알 만한 걸 다 알 것 같아도 진짜로 알아야 할 것은 아직 깨우치지 못한 나이.

"와, 김선하. 성이 그렇게 막 조숙하고 그래? 어우, 야해."

남자아이들은 그걸로 법석을 떨었다. 그런 거 아니라고

했지만, 여자고 남자고 할 것 없이 아이들은 선하의 몸을 흘 깃거렸다. 그때부터 놀림이 시작됐다. 일부러 와서 몸을 부딪 치고 가는 아이들도 있었다. 그때부터 큰 옷만 입었다. 체육 복 아래에 손을 넣어 앞으로 당기는 버릇도 그래서 생겼다. 뛸 때마다 흔들리는 가슴을 어떻게든 가리고 싶었다. 떼어낼 수 있다면 떼어내버리고 싶다.

"좀 당당하게 굴어."

엄마는 나직이 말했지만 매를 맞는 것보다 더 아팠다. 엄 마는 모른다. 그럴수록 선하는 더 움츠러들고야 만다. 당당하 게 굴라는 말은, 이렇게 힘든 모든 이유가 당당하게 굴지 못 한 자신의 잘못이라는 것과 같다.

집에 도착하자마자 선하는 방에 틀어박혔다. 엄마에게는 저녁을 먹지 않겠다고 말해두었다. 몸이 안 좋다고 말했지만, 엄마는 그것이 변명이라는 걸 알고 있을 것이다. 엄마가 또다 시 나직하게 한숨을 내쉬었다. 그 한숨이 선하를 무겁게 짓눌 렀다.

옷을 대충 갈아입고 곧장 침대 위 이불 속으로 파고들었 다. 잠이 올 것 같지는 않았지만 방의 불을 켜지 않았다. 엄마나 아빠가 들어오면 자는 척하려는 생각이었다. 오늘은 더 이상 누구와도 대화하고 싶지 않았다.

'가슴이 작은 애들은 그게 얼마나 스트레스인데.'
'자신감을 가져. 당당해져.'
'자기 스스로를 사랑해야지.'

백번도 더 들은 말들. 하나도 도움이 되지 않는 말들. 선하도 알고 있다. 자기 자신을 사랑해야 하고 스스로 당당해야 한다는 것 정도는. 하지만 '와, 너 가슴 되게 크다' '나 백 그램만 떼어줘라' 같은 소리를 들을 때마다, 신기해하는 얼굴을 볼 때마다 동물원의 우리 안에 든 기분이었다. 그런 자신을 대체 어떻게 사랑할 수 있다는 말일까.

'오늘은 그만.'

선하는 무선 이어폰을 귀에 꽂고 화면 밝기를 최대로 낮춘 뒤, 유튜브에서 수면 음악을 검색했다. 이렇게 해서라도 잠들어버리고 싶었다. 잠을 자면 아무것도 생각하지 않아도 된다. 플레이를 누르자 조용한 음악이 귓속으로 흘러들어왔다. 그 음악들 사이로 생각들이 끼어들었다. 가슴, 아이들의 신기해하는 시선, 엄마의 화, 지세린의 표정.

잠이 올 것 같지 않다.

그때 초인종이 울렸다. 엄마가 인터폰을 받는 듯했다. 아빠가 퇴근한 모양이다. '잠이 든 척해야지.' 그래서 노크 소리가 들렸을 때 대답하지 않았다. 저녁을 먹으라는 것이겠지만 밥 생각은 없었다.

대답하지 않았는데도 문이 열렸다. 눈을 감고 있었지만, 얼굴 위로 거실의 불빛이 비스듬히 내려앉는 게 느껴졌다.

"김선하, 일어나봐."

엄한 목소리에 선하는 자기도 모르게 눈을 뜨고 몸을 일으켰다. 당연히 아빠라고 생각했지만 예상외로 엄마와 함께 서 있는 것은 지세린이었다. 깜짝 놀라 눈을 휘둥그렇게 뜬 선하는 금세 눈을 바닥으로 향했다. 선하는 스스로도 알 수 없었지만 왠지 미운 말이 튀어나왔다.

"뭐야. 사과 받으려고 왔어?"

"김선하!"

엄마가 혼을 내듯 소리쳤다. 선하도 자신이 잘못하고 있다는 것은 안다. 그런데 이상하게 제멋대로 말이 튀어나왔다. 나도 내가 왜 이러는지 모르겠는데 어떻게 해. 그런 말은 가습속에서만 맴돌다가 괜한 원망으로 바뀌어버렸다. 지세린, 괜히 너 때문에 자꾸 엄마한테 혼날 일만 생기잖아.

"어머니, 저 선하랑 얘기 좀 할게요."

지세린의 목소리에는 웃음기가 흘렀다. 엄마는 "어휴" 하며 나갔다. 그 말에 숨은 뜻이 그대로 읽혔다.

'쟨 대체 왜 저러나 몰라.'

이게 다 지세린 때문이다.

방이 갑자기 환해졌다. 지세린이 방의 불을 켠 것이다. 선하는 고집스럽게 고개를 숙인 채로 지세린을 보지 않았다. 지세린은 방문을 닫더니 선하의 바로 앞까지 걸어왔다. 지세린의 다리가 눈에 들어왔다. 웬일로 긴 바지에 긴 코트를 입고 있었다.

"더워서, 코트 좀 벗을게."

벗든가 말든가.

고개를 돌린 사이, 지세린은 거의 무릎 아래까지 내려오는 코트의 단추를 하나하나 풀었다. 지세린이 벗은 코트가 바닥에 풀썩 떨어지는 것이 보였다. 어디에 좀 걸어, 말하려 반사적으로 고개를 돌렸을 때였다. 선하의 눈에 꽃밭이 들어왔다.

"풉."

웃을 생각도 없었고 웃지 않으려 입술도 깨물어봤지만, 결국 터지고 말았다. 선하의 눈에 들어온 꽃밭은 바로 지세린의 옷이었다. 지세린은 목까지 단추를 잠근 폴로셔츠 위에 꽃무늬 누빔 조끼를 입고 있었다. 게다가 청바지는 어디서 빌렸는지 청바지를 입은 게 아니라 청바지 색의 포대에 들어 있는 것 같았고, 그나마도 왼쪽 다리에 시뻘건 동백꽃이 자수로 박혀 있었다. 목에는 요란한 색의 스카프를 매고 있었다.

지세린이 장난스러운 말투로 물었다.

"다 가렸어. 예뻐?"

6

지세린은 어느새, 정말이지 '지세린답다'라고 할 수 있을 만한, 스키니진에 몸의 라인이 드러나도록 붙는 셔츠를 입고 있었다. 그럼 그렇지. 천하의 지세린이 펑퍼짐하고 촌스러운 옷을 입고 버틸 수 있을 리가 없다.

선하는 침대 위에, 지세린은 선하의 책상 의자에 앉아 서로를 마주 보았다. 둘의 손에는 각각 선하의 엄마가 타다 준 시원한 유자차가 담긴 머그잔이 들려 있었다. 선하는 유자차를 홀짝 들이켜면서 지세린을 흘깃거렸다. 이상한 옷을 입고 온 지세린 덕에 깔깔 웃은 것도 잠시, 이렇게 마주 앉아 있으니 어색하기 짝이 없다. 할 말이 없는 건 아니다. 해야 할 말은 명확한데 어떻게 시작해야 할지 몰랐다.

먼저 입을 연 것은 지세린이었다.

"다른 애들이 내 흉을 보는 건 알고 있었어."

선하는 고개를 숙였다.

"미안….'"

지세린은 어이없다는 듯 짧은 웃음을 터뜨렸다.

"네가 흉봤니? 네가 미안할 게 뭐야?"

"그래도."

같이 흉을 보지 않았어도 침묵했다. 그건 동조나 다름없다.

"남자애들이랑만 얘기한다고 뒤에서 욕하는 애들이 있는 것도 알아. 근데 다른 애들이 말하는 것처럼 남자애들한테만 살살거린다는 건 사실이 아니야. 애초에 왜 남자애, 여자애 나누는지 모르겠어. 나는 그냥 편한 애들하고 더 즐겁게 이야기한 것뿐이야. 이 학교에서는 더 편했던 아이들이 전부 남자애였던 것뿐이야. 사실 여자애들은 날 보는 눈이 요~렇다고."

자신을 험담하는 여자아이들을 흉내라도 내듯 지세린이

눈을 가늘게 떴다. 선하는 잠시 생각해보았다. 지세린의 말도 틀리진 않았다. 여자아이들은 지세린을 고운 눈으로 보지 않는다. 하지만….

"남자애들도 네 생각처럼 순수한 시선으로 보는 건 아닐 텐데…."

기어가는 목소리로 말을 하고는 흘긋 눈을 들어 지세린의 표정을 살폈다. 지세린은 선하를 빤히 응시하고 있었다.

"내 몸매를 보면서 즐기고 있을 거라는 뜻?"

"아마도."

다른 사람에게 상처를 주고 싶지 않다. 아니 더 정확히는 다른 사람에게 상처를 주는 사람이 되고 싶지 않다. 그런데 지세린은 상당히 직설적이었다.

"그렇겠지. 다른 여자애들이 그걸로도 뒷말하는 거 알아. 남자애들이 내 몸을 보면서 야한 생각들이나 할 거라는 거."

알면서도 그렇게 옷을 입고 다닌단 말인가? 선하로서는 잘 이해가 가지 않았다. 그런 생각을 읽기라도 한 듯 지세린이 말했다.

"근데 그게 내 잘못이야?"

선하는 자기도 모르게 고개를 불쑥 들었다. 지세린은 여전히 거리낌 없는 태도였다. 혼란스러운 것은 오히려 선하 쪽이었다.

그래, 물론 남자애들이 여학생의 몸을 흘깃거리며 나쁜 상상을 하는 것은 잘못된 일이다. 하지만 애초에 그런 옷을 입지 않는다면 흘깃거리는 일이 없지 않을까? 다들 그렇게 생각하니까 흉을 보는 것이다.

"너 지난번에 내가 구해줬을 때 그 가방, 가슴 가리느라 그런 거지?"

그때 일이 떠오르자 선하의 눈 끝이 파르르 떨렸다.

"근데 알고 보니 그놈은 네 가슴을 노린 게 아니라 가방을 훔치려고 그랬던 거였지. 네가 하도 가방을 소중히 끌어안고 있으니까 뭔가 돈이 되는 귀중한 게 들었다고 착각하고 덮친 거야. 맞지?"

선하는 가만히 고개를 끄덕였다.

"그럼 그건 누구 탓이야? 돈 되는 것처럼 가방을 끌어안고 있던 네 탓이야? 아니면 가슴이 큰 탓이야?"

선하의 고개가 퉁겨지듯 들렸다. 눈동자가 흔들렸다. 지세린이 고개를 저었다.

"아니. 그건 네 탓이 아니야. 가방을 끌어안는 게 뭐가 잘못이야? 가슴이 큰 게 싫어서 가리고 싶은 게 뭐가 잘못이냐고. 잘못은 그놈이야. 남의 것을 빼앗으려는 그놈 자체가 잘못이라고."

지세린은 성추행 사건이 터질 때마다 기사에 '그러게 왜 그 시간까지 집에 안 들어가고 돌아다녔어' '그러게 왜 그런 옷을 입고 다녀' 같은 댓글이 달리는 것이 너무 어이없다며 목소리를 높였다. 왜 범죄자가 아닌 피해자에게 잘못을 묻느냐는 것이다. 그런 말을 할 때의 지세린은 분한 얼굴이었다.

"나는 상체에 비해 하체가 크고 허리가 굵어. 그래서 펑퍼짐하게 입으면 훨씬 더 뚱뚱해 보인다고. 허리를 날씬하게 보이려고 상반신이 부각되어 보이게 입는 거야. 하의는 짧게 입거나 스키니를 입어서 조금이라도 가늘게 보이려는 거고. 하지만 그건 남들에게 잘 보이려는 게 아니야. 나야. 그렇게 입으면 내가 예뻐 보이고 그래서 더 자신 있어져서 그렇게 입는 거야. 교칙에 어긋나는 일도 아니고."

"하지만 염색은 교칙 위반인걸."

선하는 지세린의 눈을 피하며 중얼거리듯 말했다. 이렇게 말하는 자신이 왠지 나쁜 사람인 것 같았다. 알고 있다. 지세린의 말은 틀리지 않다. 그럼에도 '너도 잘한 건 없다'라고 받아쳐주고 싶은 것이 본심이었다.

지세린이 고개를 갸웃했다. 미간이 살짝 좁혀졌다.

"나한테 한 번이라도 염색한 거냐고 물어본 적 있어?"

선하는 가슴에 쿵, 하고 뭔가가 떨어진 것 같았다.

"염색한 거였으면 선생님들이 왜 그냥 뒀겠어? 이건 염색한 게 아냐. 원래부터 머리카락에 붉은 기가 많이 도는 편이야."

선하는 할 말을 찾지 못했다. 지세린의 말대로 누구 하나 그 아이를 흉보기 전에 물어본 적이 없었다. 염색을 했느냐고, 혹은 그런 스타일의 옷을 좋아하는 거냐고.

지세린을 흉보던 다른 아이들과 자신이 조금도 다르지 않다는 것을 선하는 깨달았다. 마치 '아무것도 모르는 너를 위해 알려주는 거야'라는 태도로 다른 아이들이 흉을 보는 것을 알려주었지만 사실은 그게 아니었다. 다른 아이들을 앞세워 '그런 옷을 입는 건 네 잘못이야'라고 말한 것이었다.

지세린의 말은 계속 이어졌다.

"나는 네가 가슴 때문에 속앓이를 한다는 사실을 알고 굉장히 신경 쓰였어. 가슴을 가린다고 구부정하게 있고, 표정도 어둡고, 체육 시간에 잘 달리지도 않고. 너 체육 시간에 쓰러진 것도 너무 스트레스를 받아서 그런 거지?"

선하는 아무런 대답도 할 수 없었다. 지세린이 나직한 한숨을 쉬었다.

"그래서 그냥 말해주고 싶었어. 널 너무 힘들게 하지 말라고. 네 몸을, 너 자신을 너무 미워하지 말라고. 근데 그게 널 귀찮게 군 거라면 미안해."

선하는 허벅지에 올려져 있는 두 손을 움켜쥐었다. 가슴속에 많은 생각과 말이 소용돌이쳤다. 그 혼란 속에서 말을 건져 올리지 못해 우물거리는 사이 지세린이 일어섰다.

"이만 가볼게."

고개를 퍼뜩 들었을 때 지세린의 얼굴에는 씁쓸한 미소가 걸려 있었다. 지세린은 자신이 벗어놓은 우스꽝스러운 옷들을 챙겨 들고 방에서 나갔다. 닫힌 문 너머로 엄마와 두런두런 대화를 나누는 것이 들렸지만 무슨 말을 하는지는 들리지 않았다. 현관문 여닫는 소리가 들릴 때까지 선하는 꼼짝하지 않았지만, 마음은 한없이 요동쳤다.

자신에게 자꾸 관심을 보이는 지세린이 불편했다. 매사에 자신감 넘치는 지세린이 불편했다. 다른 아이들이 흉보는 것을 지세린에게 알린 것은 결국 '널 위해'라는 외피만 둘렀을

뿐, 상처를 주고 싶다는 악의가 아니었을까? 불편했던 것이
아니라 부러웠던 건 아닐까?

반면 지세린은 선하를 걱정했다. 그리고 우스꽝스러운 옷
을 입고서 여기까지 와주었다. 그럼에도 자신은 끝까지 제대
로 미안하다고, 고맙다고도 말하지 못했다.

선하는 지세린의 목소리가 귓가에 자꾸 맴도는 것만 같
았다.

'그게 내 잘못이야?'

7

"다녀올게요!"

잔디가 잘 관리된 마당을 지나 대문을 연 지세린은 고개
를 틀어 집 쪽을 향해 소리쳤다. 대문을 닫으며 별생각 없이
고개를 정면으로 돌리던 지세린은 순식간에 굳어 눈을 휘둥
그렇게 떴다. 정적은 찰나였다.

"푸악!"

지세린의 입에서 노란색 액체가 분수처럼 뿜어져 나왔다.
한쪽 손에 흰색 텀블러를 든 걸 보니 뭘 마시고 있던 모양이

었다. 다행히 반사적으로 고개를 튼 덕분에 선하는 그 액체를 뒤집어쓰지 않았다. 선하는 흠뻑 젖은 바닥을 내려다보며 무덤덤한 어조로 중얼거렸다.

"오렌지 주스인가."

"너 뭐야?"

쭉 뻗은 팔과 빳빳이 세운 검지로 선하를 가리킨 지세린은 마치 귀신이라도 본 것 같은 얼굴이었다. 아주 예상치 못한 상황은 아니어서인지 지세린의 표정에 뿌듯한 기분마저 내비쳤다. 선하는 약간 달아오른 얼굴로 멋쩍게 웃었다.

선하는 달라지고 싶었다. 아니, 달라져야 한다고 생각했다. 언제까지고 주눅 들어서 살 수는 없었다. 지세린의 말이 맞았다. 자신은 아무런 죄가 없었다. 사람은 다 마찬가지다. 마찬가지로 다 다르다. 어떤 사람은 눈이 크고 어떤 사람은 코가 크다. 어떤 사람은 태어날 때부터 피부병을 앓기도 하고, 어떤 사람은 머리숱이 적어 탈모 소리를 듣기도 한다. 그러나 그것은 콤플렉스일 수는 있을지언정 그 사람의 죄는 아니다. 마찬가지로 가슴이 큰 것도 죄는 아니다. 더 이상 어깨를 옹송그리지 않을 것이다. 지금까지처럼 눈에 띄지 않기 위해 최선을 다하지도 않겠다, 고 선하는 다짐했다. 그 다짐을

상기하듯 선하는 더욱 어깨를 쫙 폈다. 그러자 선하의 가슴이 더욱 앞으로 튀어나왔다.

큰 가슴은 싫다. 그러나 이것은 나의 죄가 아니다. 그러므로 숨기는 데 급급하지 않겠다. 그렇게 이어진 생각은 곧장 교복을 첫 타깃으로 삼았다. 가슴이 조금이라도 부각될까 싶어 일부러 펑퍼짐하게 입었던 교복이다. 당장 새로 맞출 수는 없어서 선하는 몸에 딱 붙을 정도로 옷을 당겨 뒤에 옷핀을 꽂았다. 가슴에 비해 허리가 얇은 편이어서 대번에 하복의 앞섶이 살짝 벌어졌다. 너무 야한 거 아냐, 하는 생각이 들었지만, 곧 머리를 내저었다.

'주눅 들지 않겠다고 다짐했잖아.'

다음은 교복 치마였다. 상의에 맞춰진 치마 역시 펑퍼짐하기 그지없었다. 포대를 입은 것 같다고 놀리는 애들도 있었다. 선하는 바로 가위로 치마를 서걱서걱 잘랐다. 지저분하게 잘린 탓에 엄마가 기함했다.

"이게 무슨 짓이야? 교복을 왜 이렇게 잘라놨어?"

"너무 길어. 요즘 이렇게 입는 사람이 누가 있어?"

엄마는 약간 일그러진 얼굴로 선하를 물끄러미 들여다보았다. 무슨 생각을 하는지 읽으려는 것 같았다. 하지만 곧 나직한 한숨을 지었다.

"등교 시간 가까워지니까 자세한 이야기는 저녁때 하자."

엄마는 급히 선하의 치마를 가지고 안방으로 들어갔다. 곧 재봉틀이 드르륵거리는 소리를 냈다. 엄마의 취미가 재봉이라는 것은 다행이었다. 엄마가 다시 가지고 나온 교복 치마를 입자 선하의 예상보다 훨씬 짧아져 있었다. 치맛단을 깔끔하게 하려면 시접을 넣어야 하는데 그걸 간과한 탓이었다. 하지만 놀라는 티를 낼 수도 없어서 선하는 맘에 드는 양 더욱 어깨를 쭉 폈다. 엄마의 눈은 겨우 엉덩이를 가릴 뿐인 치마에서 떠날 줄을 몰랐다. 선하가 집에서 나오는 내내 엄마의 한숨 소리가 이어졌다. 그래도 다행인 건 가볍게 화장한 것까지는 눈치채지 못했다는 것이다.

그러니 지세린이 놀라는 건 당연한 일인지도 모른다.

"왜 그렇게 놀라? 이상해?"

선하는 지세린을 향해 양팔을 벌려 보였다. 덕분에 교복의 단추 사이사이가 벌어졌다. 가슴 쪽에 있는 단추는 불쌍하리만치 간신히 버티고 있었다. 지세린의 눈이 선하의 얼굴을, 교복 상의를, 잔뜩 당겨 몸에 맞춰놓은 허리를, 그리고 짧은 치마와 그 아래로 드러난 맨다리를 차례로 훑었다.

"지세린 투(two)네."

"어?"

무슨 소리인지 몰라 선하가 되물었지만, 지세린은 대답할 마음이 없는 것 같았다. 한번 어깨를 으쓱하고는 선하를 빤히 응시했다.

"넌 마음에 들어?"

"응?"

"넌 좋냐고."

"뭐가?"

"지금 네 모습. 네가 입은 옷, 화장 그런 거, 마음에 들어?"

"어? 으, 응."

선하는 조금 당황했다. 예상된 반응이 아니어서 그런지도 몰랐다. 늘 주눅 들어 있고 움츠리던 자신을 맘에 들어 하지 않았기 때문에 이런 변화를 보이면 지세린이 기뻐할 거라고 생각했다. 하지만 더 큰 이유는 지세린의 물음 때문이었다. 어젯밤 지세린을 만나고 변하자고 다짐한 뒤 이렇게 교복을 만들어 입은 지금까지 자신은 한 번도 생각해보지 못했던 물음.

'이것이 내가 원한 모습인가.'

———— 가슴, 앓이

당황한 사이 엉겁결에 '응'이라고 대답해버리자 지세린은 고개를 한번 갸웃하고는 생긋 웃었다. 어쩐지 그 미소에는 어제의 다정함이 들어 있지 않았다.

"그렇다면 다행이네. 어서 가자."

"어, 응."

앞장서서 성큼 걸어가는 지세린의 뒤를 선하는 부리나케 따라갔다.

두 사람은 버스 정류장으로 향했다. 이미 사람들의 줄이 버스 정류장에서부터 인도 한 블록 끝까지 이어져 있었다. 등교와 출근이 맞물린 시간이라 항상 사람이 많았다. 지세린과 선하는 줄 끝에 가서 섰다. 지세린은 무선 이어폰을 꺼내 귀에 꼈다. 블루투스를 연결하고 음악을 켠 뒤 휴대폰을 주머니에 넣었다. 물 흐르듯 자연스러운 모습이었다.

그러나 선하는 그럴 수가 없었다. 자기도 모르게 시선을 바닥에 두었다. 조금 전 옆을 지나가던 아주머니와 눈이 마주쳤기 때문이다. 아주머니는 곧 고개를 돌렸지만, 마지막으로 본 것은 자신의 가슴인 것 같았다. 살짝 인상을 쓴 것도 같았다. 선하는 자신도 모르게 시선을 내려 가슴 쪽을 보았다. 옷을 너무 뒤로 당긴 탓에 옷깃이 아까보다 훨씬 더 심하게 벌어진 것 같았다. 손으로 옷깃을 여몄다.

"킥킥."

누군가가 웃었다. 선하는 뒤를 돌아보았다. 바로 뒤쪽에
같은 학교 교복을 입은 남학생들이 서 있었다. 친구인 듯 뒤
에 선 아이가 앞에 선 아이의 어깨에 팔을 걸치고 있었다. 선
하가 돌아봤을 때 앞에 선 아이가 뒤에 선 아이의 배를 팔꿈
치로 쿡 찔렀다.

'뭣 때문에 웃었을까?'
'무슨 얘기를 했을까?'
'나를 보고 웃은 거 아냐?'

선하는 자기도 모르게 양손으로 치마를 잡고 조금이라도
끌어내리려고 했다. 그때 버스가 도착했다. 사람들이 조금씩
앞으로 움직였다. 버스가 완전 멈춰 선 뒤 문이 열리자 하나
둘씩 타기 시작했다. 앞으로 걸어가면서 선하는 무심결에 옆
을 보았다. 버스에 앉은 사람들, 창가 쪽에 서서 밖을 내다보
는 사람들이 전부 이쪽을 보는 것 같았다. 앉아 있는 여학생
의 이마가 살짝 구겨지는 것 같았다. 서 있던 누군가가 쿡, 웃

———— 가슴, 앓이

었다.

이명이 들렸다. 커다란 바윗돌을 배 속에서 가슴으로 밀어 올리는 것처럼 숨이 막혀왔다. 얼굴에서 뭔가 주룩 흐른다고 생각했는데 식은땀이었다. 그 와중에도 버스에 오르는 줄은 점점 짧아졌다. 저 안으로 들어간다는 생각을 하자 가슴이 더욱 답답해졌다. 눈앞이 휘돌았다. 쓰러진다, 그런 생각이 든 순간이었다.

힘없이 늘어트린 손에 따뜻하고 부드러운 것이 들어왔다. 혼탁한 눈으로 간신히 보니 지세린이 자신의 손을 잡고 있었다.

"다음 거 타자."

이 버스를 놓치면 지각은 떼어놓은 당상이었다. 그런데도 지세린은 선하를 줄 밖으로 잡아당겼다. 선하는 지세린의 손이 이끄는 대로 따라갔다.

사람들을 가득 채운 버스가 떠났다. 버스의 뒤꽁무니를 바라보던 선하는 그만 버스 정거장 나무 벤치에 털썩 주저앉았다. 그제야 숨을 쉴 수 있었다.

8

　　버스는 떠났지만 지세린과 선하는 그대로 정류장에 남았다. 선하는 충격을 아직 이겨내지 못한 듯 양손에 얼굴을 묻고 있었다. 손까지 적시던 식은땀은 사라졌지만 심장의 두근거림은 여전했다. 손을 살짝 떼고 옆을 보니 지세린이 서서 발을 까딱거리고 있었다. 지세린은 먼저 가버리지 않고 함께 있어주기는 했지만 선하를 진정시키려 다독이지 않았다. 주머니에서 꺼낸 껌을 권하지도 않고 혼자 씹으며 저 멀리 어딘가를 보고 있었다. 이따금 한숨을 쉬었던 것을 알고 있었다. '내가 얼마나 한심해 보일까.' 선하는 천천히 고개를 들며 변명처럼 말했다.

　　"공황 장애야. 나도 조절 못 하는 병인 거지, 딱히 다른 사람의 시선이 무서운 건 아냐. 신경 쓰지도 않을 거고. 물론 옷을 이렇게 입었다고 따가운 눈초리로 보는 사람도 많지만, 그건 네 말대로…."

　　"너는 어때?"

　　"어?"

　　지세린이 선하 쪽으로 고개를 돌렸다. 한쪽 팔을 뻗어 정류장의 벽면을 가리켰다. 투명 아크릴판으로 된 정류장 옆면에 선하의 모습이 옅게 비쳤다.

"너는 어떠냐고. 네 모습, 지금 입은 거, 마음에 들어?"

선하는 정류장 벽면에 비친 자신의 모습을 보았다. 너무 너무 싫어하는 큰 가슴, 그것을 더욱 부각시키는 옷차림. 사람들이 쳐다보는 것도, 아주머니들이 살짝 인상을 찌푸리는 마음도 알 것 같았다. 하지만….

"어색해서 그런 거지 곧 적응될 거야. 난 더 이상 콤플렉스에 사로잡히지 않을 거야. 네가 말했던 것처럼 이건 내 잘못이 아니잖아."

"맞아. 네 잘못은 아니지. 그래서 지금 그 모습이 네 마음에 드느냐고."

선하는 곧장 대답할 수가 없었다. 한 번도 '나'의 시선으로 본 적이 없었기 때문이다. 주눅 든 나를 답답해하는 지세린의 말에 따라 '그래, 이겨내야지' 하고 생각했지만, 조금 전에도 다른 사람들의 시선에 공포감이 밀려들었다. 콤플렉스에 사로잡히지 않겠다는 말도 나를 위한 것인지, 아니면 자신이 '용기를 낼 줄 아는 사람'이라는 것을 지세린에게 보여주고 싶었던 것인지 혼란스러웠다. 아니, 사실은 지세린에게 보여주고 싶은 마음이 더 컸을 것이다. 그래서 평소라면 혼자 등교했을 것을 굳이 지세린의 집까지 가서 보여주었다.

선하가 아무 말도 하지 못하자 지세린이 옆에 와 앉았다.

"내가 지세린 투라고 한 건, 네가 너무 나처럼 하고 있어서 그랬던 거야."

선하는 말없이 고개를 숙였다. 틀린 말이 아니었다. '나도 너처럼 자신 있게 나를 드러낼 거야'라는 마음이 없지 않았다.

"있잖아, 전에도 말했지만 나는 이런 스타일을 좋아해. 이렇게 입었을 때 자신감이 생기고 나한테 잘 어울린다고 생각해. 다른 아이들과 똑같이 입는 것보다 내 스타일대로 입는 게 좋아. 물론 그것 때문에 애들이 날 욕하는 것도 알아. 하지만 그건 나한테 아무런 장애물이 안 돼. 내가 남자애들하고만 논다고 수군거리는 거? 맞아. 나 남자애들하고만 놀아. 왜냐면 적어도 걔들은 날 날 선 눈으로만 보지는 않으니까. 나는 어차피 모든 사람이 날 좋아하게 만들 수는 없다고 생각해. 날 싫어하는 애들은 두고, 날 좋아하는 애들과 잘 지내면 되는 거야. 남자애들하고만 논다고? 아니, 난 너도 좋아하는걸? 넌 날 욕하지 않잖아."

선하의 얼굴이 살짝 붉어졌다. 갑작스러운 고백에 그런

것도 있지만, 마음이 얇은 가시에 찔린 기분이었기 때문이다. 다른 아이들과 함께 욕하지는 않았지만, 색안경을 끼고 지세린을 본 것은 사실이었다. 그것을 알고 있을 텐데도 그렇게 말해주니 오히려 부끄러웠다. 지세린은 계속 말을 이었다.

"다른 애들이 싫어한다고 해서 나는 그 애들에 맞춰 똑같이 살 생각은 없어. 내가 좋아하는 대로 살 거야. 중요한 건 이걸 내가 좋아한다는 거지."

지세린은 손을 뻗어 선하의 등에 꽂힌 옷핀들을 하나씩 풀기 시작했다. 꽉 조였던 교복 상의가 여유로워졌다.

"콤플렉스는 콤플렉스야. 싫은 건 싫은 거라고. 그건 갑자기 좋아할 수 있는 것도 아니야. 숨길 것까지는 아니지만 막 드러낸다고 해서 갑자기 콤플렉스가 아닌 것이 되는 건 아니란 말이야. 네가 싫어하는 걸 싫어하지 않는 척하니까 네 마음이 힘든 거라고."

"어떻게 해야 할지 모르겠어…."

선하는 기어들어가는 목소리로 말했다. 가슴이 큰 것이 싫다. 너무 싫다. 그것을 감추려는 것도, 드러내는 것도 안 된다면 어떻게 하라는 건지 알 수 없었다.

"넌 가슴이 큰 게 싫잖아. 그럼 이렇게 가슴을 부각되게 입는 건 오히려 역효과야. 그렇다고 너무 크게만 입으면 오히려 상체가 너무 크게 보여서 비율이 안 맞고. 그러니까 몸에 달라붙지 않으면서 적당히 맞는 사이즈로 입어야 해."

지금 입은 교복은 선하가 원래 입어야 하는 사이즈보다 한 치수 큰 것이었다. 물론 엄마가 말렸지만 가슴을 가리고 싶어서 선택했다.

"상의 사이즈 줄이는 건 새로 사지 않고 수선집에 맡겨도 될 거야. 허리를 줄이면 더 날씬해 보일 거야. 너무 짧긴 하지만 치마를 줄인 시도는 잘했어. 넌 다리가 예쁘니까 드러내는 게 좋아. 상의가 살짝 길게 내려오면서 치마가 짧으면 오히려 귀엽게 보일걸? 그리고 이거."

지세린은 자신의 목에 걸려 있던 카드 홀더를 선하의 목에 걸어주었다. 홀더에서 자신의 카드만 빼고는 선하를 향해 싱긋 웃었다.

"살짝 가려주는 거랄까. 별거 아닌 것 같지만 이런 거 하나 걸어주면 시선 분산 효과가 있거든."

"앗, 이건 네 거잖아. 내가 하나 살게."

도로 목에서 빼려는 선하의 손을 지세린이 막았다.

"선물이라고 생각해. 쓰던 거지만."

——— 가슴, 앓이

그렇게 말한 지세린은 선하의 손을 잡고 자리에서 일어났다. 엉겁결에 선하도 지세린을 따라 일어났다. 지세린은 선하의 어깨를 잡아 살짝 돌려세웠다. 정류장 벽면에 선하의 모습이 고스란히 비쳤다.

　선하의 입술이 자신도 모르게 벌어졌다. 크게 달라진 것이 없는데도 지세린의 말처럼 귀여워 보이는 스타일이 되었다. 기분 탓인지 몰라도 가슴이 커다랗게 보이는 것도 좀 덜한 것 같았다. 뒤에 서 있던 지세린이 선하의 어깨에 손을 올렸다.

　"중요한 건, 네가 너를 싫어하지 않는 것. 사람마다 다 콤플렉스가 있지만 그건 어쩔 수 없이 나의 한 부분이잖아. 그 한 부분 때문에 나를 싫어하지 말고 그놈과 함께 잘 살아보자고."

　힘을 내라는 듯 지세린이 선하의 등을 살짝 쳤다.

　"등 펴고. 응?"

　뭔가에 꽉 막혀 있던 가슴이 뚫린 듯 시원한 기분이 들었다. 그것은 내내 꽉 조이고 있던 교복 때문만은 아닌 것 같았다. 선하는 지세린을 향해 돌아섰다. 꼭 이 말은 하고 싶었다.

　"고마워."

지세린은 웃었다.

"더 중요한 건 뭔지 알아?"

"뭔데?"

"우린 곧 지각이라는 거."

헉, 하고 선하가 숨을 삼켰다. 시계를 보니 벌써 수업 예비 종이 울릴 시간이었다.

"택시 타야 돼!"

누가 먼저랄 것도 없이 두 사람은 조금 떨어진 곳에 있는 택시 정거장을 향해 달렸다. 여름인지라 금세 몸에 땀이 찼다. 후끈한 바람이 얼굴에 들러붙었다. 그래도 왠지 상쾌한 기분이 들었다. 선하의 얼굴에 미소가 배었다.

9

"방학이라고 너무 풀어져 있지 말고. 너희도 내년엔 3학년이다. 고등학교가 코앞에 와 있다는 얘기다. 그게 뭘 뜻하는 것이냐! 입시 전쟁에 성큼, 아주 크게 성큼 왔다는 거지! 왜 풀어져 있으면 안 되는지 알겠냐."

"네에."

동시에 대답하는 아이들의 목소리 끝이 길게 늘어졌다. 그건 대답보다는 차라리 야유에 가까웠다. 담임 선생님은 비난에 종지부를 찍겠다는 듯 들고 있던 출석부로 교탁을 탁, 소리 나게 쳤다.

"나중에 봐라. 선생님 말씀 들을 걸 그랬다고 이 중에 절반은 땅을 치고 후회할 거다."

"아우."

아이들의 야유가 커지자 선생님은 장난스러운 얼굴로 히죽 웃었다.

"어쨌든 방학이니까 잘 지내다 오고. 건강하게! 살찌지 말고! 마르지도 말고! 알았지?"

"네에!"

오늘따라 긴 선생님의 종례가 끝난다는 감이 들자 아이들의 목소리가 시원하게 올라갔다. 선생님은 미소를 짓더니 한손을 펄럭펄럭 흔들며 교단을 내려서서 교실 밖으로 나갔다. 동시에 자리에서 일어나는 아이들의 의자 끄는 소리가 교실을 소란하게 만들었다. 아이들은 삼삼오오 모여 지금부터 어디 가서 뭘 할지 얘기를 나누느라 정신이 없어 보였다.

가방을 싸던 선하는 무심결에 고개를 들다가 지세린과 눈

이 마주쳤다. 지세린은 벌써 가방을 다 챙긴 듯 한쪽 어깨에
걸친 채로 다가왔다.

"집?"

선하가 묻자 당연한 것을 왜 묻느냐는 듯 지세린이 씩 웃
었다.

"나는 너처럼 외로운 중생이 아니거든?"

지세린은 지난가을, 남자 친구가 생겼다. 두 살 많은 고등
학생 오빠였다. 버스로 30분은 가야 나오는 동네에 사는 그
오빠는 공부라면 학을 떼는 지세린과는 정말 어울리지 않게,
외국어 고등학교에 다니고 있었다. 만난 것은 고모의 집에서
라고 했다. 그는 지세린의 사촌 오빠가 데리고 온 친구였다.

선하는 평소, 연인을 두고 '누가 아깝네' '저런 애를 왜 사
귈까' 같은 말을 하는 것을 정말 이해하지 못했다. 두 사람의
마음이 중요하다고 생각하기 때문이었다. 타인이 보는 것은
두 사람의 마음이 아니라 외적인 것일 수밖에 없다. 외적인
것만으로 평가하고 판단하는 것은 아주 잘못된 일이라고 생
각해왔다. 하지만 솔직히 지세린이 남자 친구 사진을 처음 보
여줬을 때 선하는 자기도 모르게 외칠 뻔했다.

'진짜 안 어울린다!'

그 오빠는 정말이지 만화를 그릴 때 '모범생 캐릭터'를 그리라고 하면 열에 아홉은 이렇게 그리겠다 싶을 만큼, 전형적인 모범생 스타일로 보였다. 검은색 안경에, 학교 교칙에 딱 맞춘 듯한 교복과 헤어스타일. 심지어 누가 봐도 공부 잘하게 생긴, 그런 사람이었다. 그리고 그 반대의 지점에 있는 것이 지세린의 스타일이었다.

언젠가 한번 선하가 아주 조심스럽게 물은 적이 있다.

"그 오빠 엄청 바른 생활 사나이라며? 혹시 너 옷 입는 스타일 가지고 뭐라고 안 해?"

지세린의 교복은 같은 학생이 봐도 흠칫할 정도로 고쳐 입은 것이지만, 그녀가 입는 사복에 비하면 정말 얌전한 축에 속했다.

지세린은 자랑스러운 듯 어깨를 으쓱하며 눈을 빛냈다.

"절대. 오빠는 날 나 그대로 인정해줘. 아, 너는 이런 걸 좋아하는구나. 나는 저런 스타일을 좋아하는데. 그렇게 말하는 스타일이야. 오빠는 다른 사람들이 아무리 뭐라고 해도 자기 몸이 편한 옷이 좋대. 그래서 나도 오빠의 스타일에는 터치 안 해. 그래도 세상엔 나쁜 놈들이 많으니까 조심해야 한다면서 늘 집까지 데려다줘."

그렇게 말하며 몸을 배배 꼬는 지세린은 엄청나게 행복해 보였다. 지세린의 얼굴이 저렇게 홍조로 가득한 것을 선하는 이때까지 본 적이 없었다. 그때 깨달았다. 두 사람은 서로를 존중하는 면이 닮았다.

어쨌든 지세린은 오늘도 데이트를 하는 모양이었다.

"그래, 그럼 이 외로운 중생은 혼자 집구석에나 가겠다."

"대신 내일은 같이 놀아주마!"

"쳇. 낮에는 오빠 학원 가는 시간이니까."

"오, 눈치 빠른데? 내일 만나."

힛, 웃으며 지세린은 손을 흔들었다. 교실 밖으로 나가는 그녀의 발걸음이 빨랐다. 입맛을 쩝 다시며 선하도 가방을 어깨에 멨다. 나는 언제 남자 친구가 생기려나, 그런 생각을 할 때였다.

"혹시 오늘 약속 있어?"

고개를 들자 하나가 서 있었다. 지세린과 친해지면서 하나와는 자연스럽게 멀어졌다. 하나는 '싼 티 난다'라고 할 정도로 지세린을 좋아하지 않았으니 지세린과 가깝게 지내는 선하를 조금 멀리해왔다.

"응? 아니. 그냥 집에 갈 생각이었는데."

"혹시 시간 되면….”

하나는 조심스럽게 말했다.

"나 옷 사러 가는데 같이 골라주지 않을래?"

무척 고민하다 용기를 내어 말하는 것인지 바닥을 내려다보며 주먹을 꼭 쥐고 있었다. 선하는 하나가 지금 자신에게 손을 내미는 거라는 걸 알 수 있었다.

"음, 그러지 뭐.”

선하가 선뜻 말하자 하나의 얼굴이 밝아졌다. 선하는 싱긋 웃으며, 가자고 하듯 고개를 까딱하곤 앞서 걸었다. 하나가 기쁜 얼굴로 선하의 뒤를 얼른 따랐다.

운동장을 가로지를 때 하나가 말했다.

"너 요즘 분위기 엄청 바뀌었어. 세련되어지기도 했고.”

어차피 다 같은 교복이니 딱히 세련되어질 만한 것은 없다. 하지만 선하는 자신의 체형에 어울리게 입으려고 노력했다. 겨울이 되자 교복 카디건을 조금 크게 맞춰 가슴을 너무 부각시키지 않도록 하면서도 팔의 기장을 길게 하면서 주름을 주어 시선을 분산시키고 귀여움을 강조했다. 교칙에 어긋나지 않을 정도로 치마를 짧게 하고 도톰한 양말을 복숭아뼈 위로 올라오게 신었다.

선하는 요즘 패션 잡지를 많이 보는 편이다. 예전에는 잡지에 소개되는 옷은 전부 비싼 것뿐이라 아직 어린 자신이 볼 만한 것이 아니라고 생각했는데, 지금은 달라졌다. 사람의 장점을 부각시켜 단점까지 조화롭게 만들어내는 패션에 선하는 관심이 많이 생겼고, 잡지를 보는 것이 공부가 되기도 했다. 선하는 사람들 각각의 장단점에 맞춰 옷을 만들고 싶은 꿈이 생겼다. 아마 하나가 세련되어졌다고 하는 것은 그런 것 때문이 아닐까 생각했다.

"예전엔 내가 촌스럽긴 했지. 세린이가 많이 가르쳐줬어."

"그것도 그거지만 너 표정이 확 바뀌었어."

예상외의 말에 선하가 하나를 보았다.

"1학기까지만 해도 선하 너, 많이 어두웠거든. 매일 등 구부리고 앉아 있고. 뭔가 다른 사람들하고는 말하고 싶어 하지 않는 느낌이었달까."

의외였다. 가슴을 가리고 싶어 움츠러들어 있었던 것이 다른 사람의 눈에는 그렇게 보였다는 게.

"하긴. 그것도 지세린 덕분이긴 하겠다. 너 지세린이랑 친해지면서 많이 밝아졌어."

"맞아. 세린이 덕분이지."

———— 가슴, 앓이

"나 사실 세린이 싫어했거든. 차림새나… 남자애들하고만 노는 것도 그렇고…. 근데 내 선입견이었던 것 같아. 우리가 먼저 싫어했으니까."

선하는 고개를 끄덕거렸다. 자신에게도 있었던 선입견이었다. 하지만 그것을 깨는 순간 제대로 된 그 아이가 보인다. 지금은 아마도 하나가 그 순간을 맞이한 것 같았다.

"하긴. 싼 티 난다는 건 좀 심했지."

"맞아."

하나의 얼굴이 살짝 붉어졌다. 선하는 히죽 웃었다. 하나는 세린이와도 잘 지내고 싶어 하는 것 같았다. 지세린이 여기 있었다면 어떻게 했을까를 생각하니 답은 쉽게 나왔다. 선하는 하나의 어깨에 팔을 척 둘렀다.

"그렇다고 뭐 싸운 것도 아니니까 그런 얼굴 할 것 없어! 어차피 3학년 때도 같은 반이니까 잘 지내보자고!"

"응!"

"아 참, 근데."

갑자기 생각난 것이 있어 선하가 얼른 어깨에 올린 팔을 내렸다. 하나가 눈을 동그랗게 떴다. 선하가 물었다.

"너 남자 친구 있어?"

"갑자기 웬 남자 친구? 아니, 없는데?"

선하가 함박웃음을 지었다. 선하는 다시 하나의 어깨에 팔을 둘렀다. 아까보다 조금 더 우정이 끈끈해질 수 있겠다는 생각이 들었다.

"좋았어! 오늘 옷 구경하고 나서 내가 떡볶이 쏜다!"

"응? 갑자기?"

하나는 알 수 없다는 얼굴을 했고, 선하는 왠지 기분이 좋아 점점 크게 웃었다.

뭔가 기분 좋은 날이었고, 앞으로도 그런 날이 이어질 거라는 생각이 드는 하루였다.

열네 살, 내 사랑 오드아이

조영주

규리는 초등학교 졸업 선물로 서클렌즈를 사달라고 엄마를 졸랐다. 엄마는 처음엔 반대했지만 안경사의 조언에 마음을 바꿨다.

"착용 시 주의 사항만 잘 지키면 괜찮습니다. 하루 네 시간 이상 착용하지 않고, 남과 교환해서 끼지 않는 것. 세척을 절대 잊지 말고 하는 것 등등요. 요즘엔 오히려 부모님들이 더 하라고 하세요. 서클렌즈 안 껴서 왕따당하는 일도 있다더라고요. 100충, 200충 하면서요."

"100충, 200충이 뭐예요?"

"부모 월급이 100, 200이라고 놀리는 거래요. 빌거, 휴거 처음 들었을 때도 충격이었는데. 요즘 애들은 너무 심하죠."

엄마는 규리가 초등학교 4학년 때 내내 따돌림당한 일을 떠올렸다. 빌라에 산다고 빌라 거지 빌거, 노래방을 운영한다고 노래방 거지 노거에 노래방이 잘 안 되어 아빠가 택배 일을 하기 시작하자 택배 거지 택거란 별명이 붙더니, 스트레스를 많이 받아 그런가 오른쪽 눈만 시력이 떨어져 안경 너머 보이는 눈 크기가 짝짝이가 되자 짝거, 짝눈 거지라 불리기까지 했다.

상황이 심각해지자 전학을 갔지만 소용이 없었다. 소도시다 보니 규리가 왕따를 당해 전학을 왔다는 사실이 금방 퍼졌다. 그렇다고 다 접고 다른 곳으로 이사를 갈 수도 없었다. 규리네 부모님은 이곳에서 나고 자랐다. 같은 고등학교를 졸업한 뒤 결혼했다. 연고가 없는 다른 곳으로 이사를 가는 건 불가능했다. 이 상황에서 조금이라도 따돌림을 피할 방법이 있다면 무엇이든 시도할 수밖에 없었다.

"그럼 요즘 유행하는 걸로 골라서 몇 개 줘보세요."

엄마의 말에 규리는 "아저씨, 나이스!"를 외쳤다.

한참의 고민 끝에 규리가 구입한 건 브라운과 퓨어 헤이즐이란 색의 서클렌즈였다. 규리는 세련된 렌즈의 이름들이 마음에 들었다.

서클렌즈는 예상보다 더 좋은 반응을 얻었다. 규리는 중학교에 들어가 반의 중심인물, 이른바 핵인싸가 되었다. 규리와 마찬가지로 서클렌즈를 낀 핵인싸들은 렌즈를 구입한 경

위라던가 어떤 색이 있는지 등을 이야기하며 자연스레 친해
졌다. 가장 염려했던, 규리가 빌라에 산다는 사실과 노래방
문제도 바로 오케이 됐다. 규리가 엄마가 노래방을 한다고 말
하자 친구들은 "우와, 노래 실컷 부르겠다, 완전 부러워!" 하
며 좋게 받아들였다.

　일주일이 채 지나지 않아 규리는 교환 착용을 시작했다.
계기는 반 친구가 끼고 온 서클렌즈였다. 흔치 않게 핑크색이
감도는 서클렌즈에 규리가 가볍게 감탄하자, 친구는 아무렇
지 않게 말했다.

　"껴볼래? 대신 나 네 거 빌려줘."

　"나 한쪽 눈은 도수 있는데."

　규리가 머뭇거리자 핑크눈은 "더 좋네" 하더니 덧붙였다.

　"오늘 하루 오드아이 하지, 뭐."

　"오드아이?"

　"몰라? 양쪽 눈 색깔 다른 거. 오드아이라고 부르잖아."

　규리는 핑크눈의 말에 신기해하며 렌즈를 교환했다.

　"와, 핑크 무엇."

　"회색도 좋은데?"

　핑크눈은 바로 기념 셀카를 찍자고 했다. 규리는 핑크눈

과 얼굴을 맞붙이고 사진을 찍었다. 핑크빛과 회색빛으로 빛나는 양 눈은 평소와 달리 무척 신비해 보였다.

이날 이후, 규리는 오드아이에 맛을 들였다. 일부러 집을 나설 때 양쪽 눈에 각기 다른 색의 렌즈를 끼는가 하면, 학교에서 친구들이 렌즈를 바꿔 끼자고 하면 바로 응했다.

규리는 하루 종일 서클렌즈를 끼기 시작했다. 가끔 눈이 뻑뻑하거나 충혈되는 일이 있긴 했지만, 잠자기 전 빼고 자서 다음 날이 되면 멀쩡했기에 괜찮다고 생각했다.

그건 규리의 착각이었다. 눈은 서서히 지쳐가고 있었다. 눈의 피로가 최고조에 이른 것은 4월 중순의 일이었다. 이즈음부터 규리는 거의 하루 종일 렌즈를 끼고 살았다.

평소에는 학교 갈 때 렌즈를 끼었다가 집에 돌아온 뒤에는 잠시 빼고 쉴 틈이 있었다. 하지만 중간고사를 일주일 앞두고 친구들과 일주일간 매일 스터디 카페를 다니면서, 밤 열시까지 렌즈를 뺄 수 없었다.

규리는 다니는 학원이 없었다. 노래방 사정이 나아지지 않자 엄마는 "다음 달에는 꼭"이라는 말로 계속 학원 수강 신청을 미뤘다. 이 상황에서 스터디 카페마저 같이 안 다니면 핵인싸에서 제외될 수 있었다.

규리는 오전 일곱 시부터 밤 열 시까지 매일 서클렌즈를 꼈다. 핵인싸들마저 두꺼운 안경을 쓰고 독서실에 와도 규리만큼은 렌즈를 포기하지 않았다. 눈이 시리고 아프고 충혈이 되어도 참았다. 일주일이 지났다. 중간고사 당일, 규리는 아침에 눈을 뜰 수 없었다. 너무 아파서 눈꺼풀 들 힘조차 없어 엄마만 목 놓아 불렀다.

엄마는 한참이 지나서야 "왜 그래?" 하고 규리의 방에 들어왔다.

"눈을 못 뜨겠어!"

규리는 엄마 목소리가 들린 방향으로 소리를 질렀다. 엄마가 다가와 규리의 눈으로 손을 갖다 댔다. 천천히 눈꺼풀을 들어올렸다. 규리는 억지로 뜨인 눈으로 엄마를 바라보았다. 바로 통증으로 다시 눈을 감기 직전 본 엄마의 얼굴에는 말 그대로 '경악'이 서려 있었다.

"너 눈이 왜 이래!"

규리는 대답 대신 비명을 질렀다. 엄마가 눈꺼풀을 들어올리는 순간 뭔가가 팟, 하고 터지는 느낌이 난 탓이었다. 바로 병원 응급실로 향했다. 응급의는 엄마보다 훨씬 조심성 없는 태도로 눈꺼풀을 까뒤집어 상태를 확인했다. 규리가 비명을 질렀지만 아랑곳하지 않았다.

"학생, 서클렌즈 끼죠?"

"네."

"일주일에 몇 번 껴요?"

"일주일에 7일요."

"매일 낀다고? 몇 시간이나?"

규리는 바로 대답하지 못했다. 처음 서클렌즈를 구입할 당시 들었던 주의 사항이 떠올랐다. 분명 하루에 네 시간 이상 착용하지 말라고 했다. 그걸 어겨도 한참 어긴 평소의 생활을 이야기했다가는 분명 혼이 날 것 같았다.

"각막염입니다."

규리가 대답하지 못하는 새, 응급의가 말했다.

"심각한 건가요?"

숨을 헐떡이는 아빠의 목소리가 들렸다. 규리가 아프다는 말에 놀라 달려온 모양이었다.

"각막을 괴롭히는 원인만 제거하면 금방 좋아질 겁니다."

"원인이 뭔데요?"

"서클렌즈만 안 끼면 괜찮습니다."

"안 돼요!"

규리가 흥분해서 소리 질렀다.

"안 돼도 되게 하세요."

의사는 단호했다.

"일단 기본적인 조치를 취해드릴 테니, 큰 안과 병원에 들러서 정밀 검사를 받아보세요. 각막 외에 다른 이상이 있을 가능성도 있습니다."

규리의 부모님은 응급의의 말을 따랐다. 안과 병원에 가자마자 바로 입원 조치를 받았다. 이틀 뒤, 눈을 뜰 수 있게 되고 나서야 퇴원했다. 외출은 불가능했다. 30분쯤 눈을 뜨고 있으면 시리고 쑤셨다. 다시 일주일이 지나고 나서야 규리는 예전처럼 하루 종일 눈을 뜨고 지낼 수 있었다. 아직 휴대폰은 허락받지 못했지만 기쁜 마음으로 학교에 갔다. 그랬다가 당황스러운 일을 겪었다. 절친이라고 생각한 핑크눈이 활짝 웃으며 다가오더니, 이렇게 말한 것이다.

"혹시 새로 온다는 전학생…?"

핑크눈이 규리를 못 알아봤다. 규리는 안경을 벗으며 말했다.

"나야, 나. 심규리."

핑크눈은 규리가 자기 이름을 말하며 안경을 벗자마자

"헐?" 소리를 내더니 제자리로 돌아갔다. 이후로도 핑크눈은 은근슬쩍 규리를 무시하며, 예전에는 상대하지 않던 초록눈과 보란 듯이 떠들었다. 초록눈 역시 핑크눈처럼 양쪽 눈 모두 같은 색의 서클렌즈를 낀 상태였다.

점심시간에도 무시는 반복되었다. 규리는 핑크눈과 함께 밥을 먹으려고 식판을 들고 다가갔지만, 핑크눈은 인사조차 받아주지 않았다. 초록눈과 마주 보고 앉아 책상을 식판으로 가득 채웠기에, 규리는 자기 자리로 돌아와야 했다.

제자리에서 혼자 묵묵히 숟가락으로 밥을 퍼먹는 내내, 규리는 이 상황을 한참 따져보았다. 아무리 생각해도 원인은 안경을 써서 보이는 짝눈 같았다.

다음 날, 규리는 서클렌즈를 챙겨 등교했다. 학교에 도착하자마자 화장실에 들러 렌즈를 꼈다. 규리는 거울에 비친 모습에 안심했다. 신비한 오드아이가 규리에게 힘을 불어넣어 주는 것 같았다.

"무서워 죽겠어. 택배충한테 눈병 옮았을까 봐."

자신감은 화장실을 나서자마자 깨졌다. 핑크눈과 초록눈이 화장실 앞 복도에서 대화를 하고 있었다. 둘은 규리가 화장실에서 나오자 더욱 웃음 띤 목소리로 말했다.

"빌거래. 아빠는 택배에, 엄마는 노래방이래."

"100충 확사(확인 사살). 그러니 렌즈를 바꿔 끼자고 하지."

"오드아이 하고 좋아하는데 어이 상실."

규리는 갑자기 부끄러웠다. 자신의 오드아이를 참을 수 없었다. 화장실로 숨었다. 서둘러서 렌즈를 빼다가 세면대에 떨어뜨렸다. 규리가 허둥지둥 렌즈에 손을 뻗을 때, 복도에서 다시 한번 핑크눈과 초록눈의 날카로운 웃음소리가 났다. 그 웃음소리에 규리는 자신이 렌즈를 줍는 모습을 보고 '거지 같다'고 비웃는 광경을 연상했다.

렌즈로 뻗던 손을 멈췄다. 그대로 손을 꽉 쥐고는 나머지 렌즈도 빼서 세면대에 넣었다. 물을 틀어 세면대 구멍으로 렌즈를 흘려보낸 뒤, 물을 잠갔다. 여전히 세면대엔 물방울이 똑, 똑 떨어지고 있었다. 물을 꽉 잠그지 않은 탓이 아니었다. 그건 규리가 흘리는 눈물이었다.

빌거, 노거, 100충, 짝거, 택배충…. 규리는 1학기 내내 다양한 별명으로 불렸다. 아이들은 규리를 투명인간 취급하며 앞에서 놀려댔다.

학교를 벗어나도 따돌림은 계속됐다. 아이들은 인터넷 유명 사이트의 익명 게시판에 사진을 올린 뒤, 규리의 본명을 들먹이며 '성형 수술 시켜주자'라는 글 같은 걸 올리고는 '왜 그렇게 생겼냐' '진짜 돼지다' 같은 댓글을 달며 좋아했다.

언젠가는 규리네 노래방으로 다 함께 들이닥쳤다. 아이들은 규리를 방으로 끌어들여 둘러싸더니 돌아가며 규리의 귀에 대고 큰 소리로 노래를 부르고, 목이 간지럽다며 규리 얼굴에 가래침을 뱉었다. 그러고는 각종 음료수며 과자를 무단으로 마구 먹어치우고 방을 어지른 뒤 가버렸다.

엄마는 아이들이 가고 난 뒤의 참상을 보고는 바로 상황을 눈치챘다. 원한다면 전학을 시켜주겠다고 어떻게 된 건지 말하라고 했지만, 규리는 왕따를 부인했다. 초등학생 때는 뭘 몰라서 바로 엄마에게 일렀지만, 이제는 그게 소용없다는 걸 알았다.

가만히 버티다 보면 이 순간은 지나간다. 운 나쁜 누군가가 규리를 대신해 따돌림을 당하게 되어 있다. 그저 그 순간이 빨리 오기를 간절히 바라는 것, 신이든 악마든 부처든 예수든 닥치는 대로 도와달라고 마음속으로 기도하는 것, 그게 규리가 아는 가장 유일하고 확실한, 하지만 너무나 암울한 왕따에서 벗어나는 길이었다.

───── 열네 살, 내 사랑 오드아이

규리의 소원은 2학기 첫날 이루어졌다. 반 아이들이 새로운 제물을 찾아냈다. 1학기에 전학을 온 뒤 내내 등교 거부를 한 전학생이 2학기가 되어서야 등교했다.

전학생의 이름은 차민기. 남자였다.

민기는 아직 중학생인데도 키가 180센티미터는 되어 보였다. 늘 등이 굽은 자세로 걸어 다녔지만 그래도 큰 키가 두드러졌다. 게다가 앞머리를 길게 내려 얼굴을 거의 가린 게, 어딘지 모르게 음침해 보였다. 이런 민기는 좋든 싫든 눈에 확 뜨일 수밖에 없었다.

민기는 책상이 없었다. 오랜 시간 등교를 하지 않은 탓에 교실엔 민기의 책상이 없어진 지 오래였다. 민기는 선생님이 와서 책상을 챙겨줄 때까지 계속 교실 뒤에 서 있어야 했다. 아이들은 그런 민기에게 바로 첫 별명을 붙였다. 책거. 책상거지란 뜻이었다.

다음으로 민기에 대한 괴롭힘이 심화된 사건은 같은 날 5교시 영어 시간이었다.

영어 선생님은 오랜만에 등교한 민기를 일부러 골라, 등교한 거 축하한다며 일어나서 본문을 낭독하라고 시켰다. 처음엔 민기가 선생님의 말을 잘 따르는 것 같았다. 민기는 그대로 책을 들고 자리에서 일어났다. 하지만 아무 말도 하지 않았다. 입을 열었다가 닫았다가 하며 쩔쩔맸다.

그러고 보니 민기는 지금까지 단 한 번도 말을 한 적이 없었다. 아이들은 이 사실을 깨닫자마자 민기가 어떤 문제로 말을 못 하는 게 분명하다고 생각하고는 본격적으로 괴롭힘에 나섰다. 민기 뒤를 따라다니며 책거, 노안, 삼룡이, 심지어 쉬는 시간에 책을 읽는다고 독서충이란 별명마저 붙였다.

그렇게 일주일이 지나자 아이들은 규리를 완전히 잊었다. 규리는 민기 덕분에 놀림거리에서 벗어났다는 사실에 적잖이 안심하면서도, 자신이 당했던 것을 그대로 받는 민기를 보자니 마음이 편치 않았다.

더불어 민기의 꿋꿋한 대처가 놀라웠다. 민기는 무시로 일관했다. 그건 폭력적인 공격이 없는 덕이리라. 아이들은 민기의 덩치에 은근히 겁을 먹은 듯, 앞에서 빈정거리다가도 민기가 갑자기 자리에서 일어나거나 까부는 아이들 쪽으로 슬쩍 다가오기만 해도 움찔거렸다.

규리는 자신도 저렇게 심지가 굳으면 좋았겠다고 생각하며 그를 관찰하다가, 그가 매일 같은 책을 읽는다는 사실을 깨달았다.

규리는 책 제목이 궁금해졌다. 일부러 민기 근처를 왔다 갔다 하며 어떻게든 책 제목을 보려고 노력했다. 이틀간 애를 썼더니 사흘째에 기회가 생겼다. 민기가 화장실에 가며 책을 엎어 표지가 보이도록 한 덕이었다.

민기의 자리는 창가 가장 뒷자리였다. 규리는 민기의 자리로 다가가, 일부러 "덥네, 환기 좀 시켜야지"라고 말하면서 창문을 여는 척하며 민기가 읽다 만 책 제목을 확인했다. 《풍장의 교실》이었다.

방과 후, 규리는 학교 도서관에 들렀다. 사서 선생님은 책이 없다며 공공 도서관에 가보라고 말했다. 규리는 바로 학교 옆 공공 도서관으로 향했다. 그곳 컴퓨터에서 검색으로 금세 문제의 그 책을 찾아 빌렸다.

이날은 엄마가 노래방 카운터를 대신 지켜달라고 부탁한 날이었다. 규리는 집에 들러 가방을 놓고 사복으로 갈아입은 뒤, 책과 숙제를 들고 노래방에 갔다.

규리네 노래방은 집에서 걸어서 5분 거리에 있는 6층 빌딩 지하 1층이었다. 낮에는 거의 손님이 없었다. 반대편에 그럴듯한 인테리어에 최신형 기계를 갖춘 코인 노래방이 생긴 탓이었다. 그래서 엄마는 규리에게 낮 시간에 잠깐 카운터를 보라고 시킨 뒤, 아빠에게 도시락을 갖다주거나 관공서 일을 봤다.

"손님 없을 거야. 공부할 거 있으면 실컷 해둬."

엄마는 사장으로서 하면 안 될 소리를 하면서 서둘러 노래방을 나섰다. 규리는 카운터에 숙제를 내려놓은 뒤 빌린 책부터 폈다.

《풍장의 교실》은 전학을 온 소녀가 처음엔 반에서 인기인이었다가 서서히 왕따를 당하는 이야기였다. 소녀는 왕따를 견디다 못해 반 아이들을 풍장시키기로 마음먹는다.

풍장(風葬). 시체를 그대로 내버려둔 채, 비바람에 서서히 소멸시키는 방식.

규리는 생소한 단어에 이질감을 느끼는 것과 동시에 주인공의 마음에 공감했다. 더불어 이 책을 매일 읽는 민기는 어떤 생각을 할지 더 궁금해졌다.

다음 날, 규리는 더 자주 민기를 흘깃거렸다. 하고 싶은 말이 너무 많아 목 안이 간질거렸지만, 여전히 다가갈 용기가 없었다. 왕따를 벗어난 지 얼마 되지 않았다. 이 상황에서 규리가 민기에게 말을 걸었다가는, 다시 레이더망에 걸릴 것 같왔다. '걸레'라는 별명이 붙을지도 모른다. 초등학교 5학년 때 규리는 남자애들과 친하게 대화를 한다고 '걸레' '도우미'라고 불린 적이 있었다. 엄마가 노래방을 한다고 빈정대며 붙인 별명이었다.

일주일이 지나도록 규리는 민기에게 말 한마디 붙이지 못했다. 책 내용 탓인지 매일 악몽만 몇 번이고 꿨다.

악몽 속에서도 민기는 왕따를 당했다. 민기는 사막의 땡볕 아래 홀로 서 있었다. 규리를 비롯한 반 아이들 모두는 사막의 오아시스에 모여 결코 민기를 곁에 오지 못하게 했다. 그러다 갑자기 지반이 흔들렸다. 오아시스의 물이 완전히 꺼지면서 소용돌이가 일어났다. 소용돌이는 주변의 모든 것을 빨아들일 만큼 강력했다. 아이들은 속수무책으로 모래 속으로 빨려 들어갔다. 이 상황에서 오직 무사한 건 왕따를 당하느라 저만치 멀리 땡볕 아래 서 있던 민기뿐이었다.

규리를 비롯한 아이들은 민기에게 도와달라고 소리를 질렀다. 하지만 소용없었다. 꿈속의 민기는 현실에서처럼 앞머리를 내린 음침한 모습을 하고 구부정하게 몸을 앞으로 숙인 자세 그대로 가만히 서 있었다. 모래 속으로 서서히 빨려 들어가는 아이들을 지켜볼 뿐이었다.

2주가 지났다. 이날 아침 역시 규리는 악몽에 시달리다 잠에서 깼다. 그런데 조금 다른 점이 있었다. 그날 꾼 악몽 속 규리의 품에 문제의 책이 있었다. 규리는 모래 지옥으로 빨려 들어가며 책을 높이 쳐들었다. 그러자 민기가 처음으로 반응을 보였다. 규리, 정확히는 규리가 든 책을 향해 한쪽 손을 뻗었다. 잠에서 깬 규리는 자신의 손에 실제로 책이 들려 있다는 사실을 알았다. 어젯밤 책을 읽다 그대로 잠이 들었던 모양이다. 규리는 문제의 책을 가만히 손에 들고 바라보다가 생각했다. 이 책을 학교에 갖고 가면 어떨까, 하고. 악몽 속에서 민기는 이 책에 반응했다. 그러니 실제로 효과가 있을지도 모른다.

규리는 책을 들고 평소보다 이르게 학교로 향했다. 교실에 도착했을 때에 반 아이들은 서너 명밖에 없었다. 자리에 앉아 수업 준비를 하는 사이, 민기가 등교했다. 규리는 민기가 제자리에 앉자마자 문제의 책을 가방에서 꺼냈다. 표지가 보이도록 놓고는 슬그머니 민기의 눈치를 봤다.

민기는 규리 쪽은 쳐다보지도 않았다. 평소와 마찬가지로 앞머리를 푹 내려 눈을 완전히 가려버린 모습으로 창밖을 내다볼 뿐이었다. 규리는 그런 민기의 눈에 띄고 싶어서 일부러 소리도 내보고, 책을 괜히 꺼냈다 넣었다 하며 표지가 드러나게 노력해봤지만 소용없었다.

결국 이날도 규리는 민기와 대화를 전혀 나눌 수 없었다. 규리는 도서관에 가서 책을 반납했다. 미련을 끊기 위해서였다. 이렇게 했는데도 대화하지 못했으니 앞으로도 대화를 할 날은 오지 않을 듯했다.

규리가 사는 소도시는 배가 유명하다. 규리의 집은 배나무를 키우는 과수원 사이로 난 길을 가로질러야 있었다. 규리는 이 길을 유독 좋아했다. 엄마는 이 길을 가리켜 '배꽃 터널'이라고 불렀다. 어렸을 때 본 애니메이션 〈빨간 머리 앤〉에 나오는 사과꽃 터널을 본떠 지은 별명이랬다. 그 말처럼 4월이면 진풍경이 펼쳐졌다. 흰 꽃이 흐드러지게 핀 길을 따라 걷자면, 엄마가 말하는 애니메이션 속 장면이 어떨지 쉽게 상상이 됐다.

과수원은 공원 옆길이라 평소엔 사람들이 많지만 요즘엔 자주 잠겨 있었다. 곧 배 수확철이라 서리꾼들이 알짱거리기 시작한 탓이었다. 이날은 운 좋게 배꽃 터널이 열려 있었다. 길에 들어서자마자 달콤한 배 냄새를 맡을 수 있었다. 규리는 배꽃만큼 이 향을 좋아했다. 한참 코를 벌름거리며 걸어갈

때, 뒤에서 인기척이 났다.

규리는 긴장했다. 1학기 때, 핑크눈 패거리가 이 길로 따라와 보이지 않는 곳에서 이단 옆차기를 하고 도망친 일이 떠올랐다.

"저기."

뒤에서 낯선 여자애의 목소리가 났다. 규리는 본능적으로 몸을 움츠렸다. 도망치면 더 심하게 쫓아오며 발차기를 해댔던 게 떠올라 그대로 주저앉으며 비명을 질렀다.

그런데 아무 일도 일어나지 않았다. 규리는 잠시 그대로 있다가 서서히 고개를 들었다.

그곳에 민기가 있었다.

"안녕."

민기에게서 아까의 여자애 목소리가 났다. 변성기가 오지 않은 채 키만 큰 모양이었다.

"아, 안녕."

규리가 당황해서 인사를 맞받자, 민기가 규리에게 손을 내밀었다. 규리는 그 손을 잡고 천천히 몸을 일으켰다.

"책 어땠어?"

"으, 응?"

"아, 순서가 잘못됐나. 미안, 너무 오랜만에 말을 했더니."

민기는 뒷머리를 벅벅 긁으며 말했다.

"그러니까 으음, 나 말고 그 책 보는 사람 처음 봐서. 그런데 교실에서는 말을 시키면 곤란할까 봐. 미안."

"아, 으응. 책, 책은 좋았어."

규리 역시 민기만큼 말을 더듬었다. 하고 싶은 말이 많았다. 하지만 단둘이 있자니, 것도 교실이 아닌 배꽃 터널에 단둘이 있자니, 마음처럼 말이 쉽게 나오지 않았다. 어떻게 말을 하면 좋을까 한참 고민하는 사이, 길 끝에서 다시 인기척이 났다.

규리는 누군가가 다가온다는 사실에 지레 겁을 먹었다. 따돌림에서 벗어났지만 아직 단짝이 없었다. 민기는 투명인간 신세였다. 이런 둘이 함께 있는 걸 누군가 발견했다가는 어떤 일이 벌어질지 상상도 하고 싶지 않았다.

민기는 빠르게 규리의 두려움을 눈치챘다. 바로 규리의 손을 꽉 잡더니 배 밭 사이로 뛰어 들어갔다. 둘은 나무 뒤에 숨어 누가 오는 건가 훔쳐봤다. 이내 불청객이 모습을 드러냈다. 개를 산책시키는 중년 여자였다. 둘은 거의 동시에 안도의 한숨을 내쉬며 그대로 주저앉았다.

"나, 배나무 처음 봐."

잠시 뒤, 민기가 말했다.

"배 열매에도 향이 있는지 오늘 처음 알았어."

"여기, 처음 왔어?"

"집 밖으로 나가는 걸 좀 싫어해서."

규리는 민기가 1학기 때 등교 거부를 했던 일을 떠올렸다. 단순하게 학교에 안 온 정도가 아니라 아예 집에서도 나가지 않았던 모양이다.

"여긴 배꽃 터널이야."

규리가 말했다.

"우리 엄마가 좋아하는 〈빨간 머리 앤〉이라는 애니메이션에 사과꽃 터널이란 게 나온대. 엄마는 4월에 배꽃이 핀 이 길이 애니메이션 속 사과꽃 터널이랑 닮았댔어."

"배꽃이 흰색인가 보구나?"

민기는 새삼 신기하다는 듯 주변을 두리번거리며 물었다.

"어떻게 알았어?"

"유튜브로 애니 봤어. 축약판이었지만."

민기는 여유를 되찾은 듯 한 손에 휴대폰을 들었다. 그러더니 눈앞의 배나무를 향해 들고 찰칵, 사진을 찍었다.

규리도 조금 긴장이 풀렸다. 심호흡을 크게 한 뒤 꼭 하고 싶었던 이야기를 꺼냈다.

"나 사실, 너 오기 전까지 왕따였어. 처음엔 아니었는데, 렌즈 잘못 꼈다가. 서클렌즈. 지금은 못 끼는데, 그땐 매일 꼈거든. 그러다가 눈병이 심하게 나서 애들이 놀렸지. 짝거라고. 짝눈 거지. 양쪽 눈에 다른 색 렌즈를 꼈거든. 그러다가 눈병 나서 학교를 빠지는 바람에."

규리는 횡설수설했다.

"하지만 나는 정말 그게 예뻐 보여서. 좀 바보 같은가. 그런데 나는 오드아이가 정말 멋진 거 같고, 그래서 또 끼려고 했다가 놀림을 받아서 왕따를 당했는데. 노래방에도 찾아오고 애들이."

이런 이야길 하려는 게 아니었다. 말을 멈추려고 해봤지만 잘 안 됐다. 말을 끝냈을 때 돌아올 반응이 두려웠다. 민기가 만약 '네가 계속 따돌림을 당했다면 나는 따돌림을 당하지 않았다' 하고 대꾸하면 어쩌나 싶었다.

그보다 더 무서운 건 침묵이었다.

규리는 이야기가 끝나고 민기가 아무 말도 안 할까 봐 두려웠다. 점점 고개를 푹 숙이던 규리는 아예 바닥만 보며 말을 쏟아냈다.

찰칵.

셔터 소리가 그런 규리의 말을 끊었다. 고개를 들어보니 민기가 휴대폰을 손에 들고 규리를 바라보고 있었다.

찰칵.

민기는 다시 한번 셔터를 누르더니 말했다.
"전번."
전화번호. 민기의 말에 규리는 서둘러 휴대폰을 꺼냈다. 자신의 번호를 알려주자마자 규리의 휴대폰으로 사진이 날아왔다.
"나, 안 못생겼어…?"
규리는 셀카 외의 자신의 사진은 좋아하지 않았다. 앱으로 보정을 하고 눈에 서클렌즈를 끼지 않으면 너무 못생겨 보여 참을 수 없었다. 하지만 이 사진은 달랐다. 한쪽만 알이 두꺼워 짝눈이 됐는데도 이 사진 속 규리는 예뻤다.

"나, 예전 학교에서도 왕따였어. 그래서 전학 왔어."

갑자기 민기가 말했다. 규리는 방금 전 자기 자신처럼 민기 역시 자기 고백에 가까운 말을 하려는 모양이라고 생각하고는 기다렸다. 하지만 민기는 다음 말을 하지 않았다. 아니, 못 하는 걸 수도 있었다. 민기는 등교 첫날 영어 시간처럼 입을 벌렸다가 닫았다가만 반복했다. 규리는 그런 민기가 측은해 보였다.

"괜찮아."

규리가 민기의 손을 꽉 잡으며 말했다.

"너무 힘들면 말 안 해도 돼. 괜찮아."

민기가 말을 안 해도 왕따당한 이유를 알 것 같았다. 키는 큰데 목소리는 여자애 같다고 놀림받은 게 따돌림으로 이어졌을 듯했다.

이 말에 민기는 규리처럼 맞잡은 손에 힘을 주었다.

잠시 뒤 둘은 배 밭을 벗어났다. 길로 돌아오자 왠지 서먹서먹했다. 서로 서서히 손을 놓고 시선을 어찌할 바 몰라 하며 쭈뼛거렸다.

그러다 민기가 말 대신 손을 번쩍 들어, 최근 지은 고급 아파트 방향을 가리켰다. 아마 자기 집이 그쪽이라고 알려주는 것 같았다.

"나, 난 이쪽."

규리는 뒤쪽, 빌라촌을 가리키며 말했다.

민기는 규리가 가리킨 방향을 한참 바라보더니 고개를 끄덕였다. 그러고는 바로 몸을 획 돌려 뒤도 안 돌아보고 성큼성큼 걸어갔다.

규리는 바로 가지 못하고 그런 민기의 모습을 아쉬운 듯 바라보았다. 그러다가 아까 한 이야기를 떠올리고는 새삼 창피해졌다. 뭔가 너무 많은 말을 한 건 아닌가 싶은 생각이 들 때, 휴대폰에 진동이 왔다.

> 내 번호 저장해줄래?

아까 사진을 보낸 민기의 번호였다. 규리는 갑자기 가슴이 쿵쾅거렸다. 휴대폰에서 시선을 돌려 민기가 간 방향을 보자니 더 심하게 심장이 뛰었다. 민기가 휴대폰을 양손에 든 채 규리를 가만히 바라보고 있었다.

규리는 민기에게 바로 답장을 보내주고 싶었다. 하지만 너무 가슴이 두근거리다 못해 손까지 떨려 문자를 입력하기 힘들었다. 규리는 에라 모르겠다, 하고 머리 위로 양팔을 번쩍 치켜들었다. 멀리서도 보이도록 커다란 'ㅇ'를 그렸다. 그랬더니 다시 민기에게 문자가 왔다.

(ㅇ)

규리는 여전히 심장이 격하게 뛰고 있었기에, 다시 한번 커다란 'ㅇ' 자를 그리는 것으로 대답을 대신할 수밖에 없었다.

이날 밤, 규리는 오랜만에 악몽을 꾸지 않았다. 아침에 일어났을 때에도 어제 민기와 나눈 대화를 떠올리자 절로 웃음이 났다. 얼마나 기분이 좋았던지, 엄마가 학교가 끝나고 노래방을 보라는 이야기를 했을 때에도 말이 끝나기도 전에 바로 그러겠다고 대답했다.

어제와 같은 시각, 집에서 나섰다. 자신이 학교에 도착하고 5분쯤 지나 민기가 등교한 게 떠올랐기 때문이다.

학교에 가보니 이미 민기가 와 있었다. 규리는 민기와 눈인사를 했다. 아니, 그랬을 거라고 믿었다. 민기는 언제나 그렇듯 앞머리로 얼굴을 전부 가려서 확실한 시선을 알 수 없었지만, 입꼬리가 웃는 모양으로 살짝 올라가 있었다.

규리의 휴대폰이 울렸다.

(O)

민기에게 문자가 왔다. 이 문자 한 통에 규리는 너무 기쁜
나머지 양손을 위로 들어 힘껏 커다란 'O'를 만들었다. 잠시
교실에 침묵이 흘렀다. 규리를 보고 다들 어이없다는 표정을
지었다. 그중에는 지금 막 교실에 들어선 핑크눈도 있었다.

"아, 아침 체조. 체조하려고."

규리는 당황해 어색하게 웃으며 체조하는 시늉을 하며 서
서히 자리에 앉았다.

규리는 쉬는 시간마다 민기와 계속 휴대폰으로 대화를 나
눴다. 민기는 익명으로 이용하는 SNS 계정을 알려줬고, 규리
는 바로 그 SNS에 가입해 계정을 만들어 민기와 대화를 이어
갔다.

대화 내용은 대부분 별것 아니었다. 수업이 지루하다든가,
선생님 옷차림 품평이나 같은 반 아이들 중 누가 어떻다는 등
의 잡담이었다. 하지만 왕따가 시작된 뒤 반 아이들과 잡담을

나눌 수 없게 된 규리에게는 이런 소소함이 무척 소중했다.

규리가 학교를 나설 때, 민기는 또 메시지를 보냈다.

> 어제 거기서 볼까?

규리는 신나서 바로 그러자고 하려다가 엄마와 노래방 카운터를 지키기로 한 약속을 떠올렸다.

> 오늘은 안 됨ㅠ 노래방 감

> !!! 안 그래도 가보고 싶었어!!!

느낌표가 앞뒤로 세 개, 총 여섯 개라니!

규리는 입이 찢어져라 웃었다. 마음 같아서는 아침처럼 팔을 높게 들어 알았다는 신호를 보내고 싶었지만 핑크눈이 뭐라 한마디 할까 봐 참았다.

뛰듯이 집으로 돌아와 샤워를 하고 옷을 갈아입었다. 처음엔 새로 산 원피스를 입었지만 너무 멋 부린 걸 민기가 눈치채면 창피할 것 같아 참았다. 평소대로 맨투맨에 청바지를 입은 뒤 립글로스만 살짝 바르고 집을 나섰다.

노래방은 여전히 조용했다. 엄마는 규리가 바른 립글로스를 전혀 눈치채지 못했다. 규리가 오자마자 바로 "저녁 여섯 시까지는 돌아올게"라고 말하고 가버렸다.

이제 민기를 기다리는 일만 남았다. 그런데 민기는 한 시간이 지나도록 연락이 없었다. 규리는 민기에게 언제 오느냐고 물어보려다가 말았다. 너무 기다리는 티를 내는 건, 원피스를 입고 오는 것보다 훨씬 창피한 일 같았다.

5시 10분 전 노래방 문이 열렸다. 야구 모자를 푹 눌러쓰고 요즘 유행하는 브랜드의 맨투맨 티셔츠에 청바지를 입은 키 큰 남자였다. 딱 보니 민기였다. 규리는 반가운 나머지 손을 흔들어 보였다.

그런데 민기는 인사를 받아주지 않고 그대로 카운터로 다가오더니 말했다.

"떡볶이 좋아해요?"

"네?"

"떡볶이 좋아하느냐고요."

"아, 네."

"그럼 나랑 이따가 떡볶이 먹을래요?"

규리는 이게 무슨 상황인가 싶었다.

민기 닮은 남자가 나한테 떡볶이를 먹자고 한 건가. 아니, 민기 본인인가. 그렇다면 장난을 치는 건가.

한참 갖가지 생각을 하는데 남자가 한 손에 휴대폰을 들고 빠르게 손가락을 놀렸다.

규리의 휴대폰이 울렸다.

> 빨리 대답해주면 안 될까.

역시, 눈앞의 키가 큰 남자는 민기였다. 하지만 왜 자신을 앞에 두고 휴대폰으로 메시지를 보내는지, 또 왜 존댓말을 쓰고, 갑자기 떡볶이를 좋아하느냐고 묻는 건지 규리는 이해할 수 없었다. 규리가 뭐라 해야 할지 몰라 머뭇거리고만 있자 다시 민기가 연달아 빠르게 메시지를 보냈다.

> 평소 부모님하고만 말하니까 존댓말이 더 편해서.
> 나 낯가림이 심해서.
> 이상하게 긴장돼서 말이 잘 안 되기도 하고.
> 떡볶이를 좋아하기도 하고.
> 아무튼 그러니까 떡볶이 좀 먹으면 안 될까?

규리는 웃음을 터뜨렸다. 대답 대신 양손을 번쩍 들어 동그라미를 그렸다. 그 반응에 눈앞에 있던 민기는 이까지 드러내는 함박웃음을 보였다.

둘은 떡볶이를 먹으며 한참 수다를 떨었다.

"노래방 극혐 1위가 뭔지 앎?"

"술 마시고 담배 피우는 거?"

"아니."

"술 취해서 화장실에서 토하는 거?"

"것도 아님."

"그럼 뭔데?"

"히드라."

"히드라?"

"바닥에 가래침 막 뱉는 거. 일부러 침 뱉으라고 양동이를 갖다준 적도 있을 수준임."

"그게 왜 그렇게 싫은데?"

"정말 안 닦임. 청소하다가 욕 나옴."

민기는 엄마가 오기 10분 전인 5시 50분쯤 자리에서 일어났다. 과외 선생님이 오실 시간이랬다. 규리는 민기와 헤어지는 게 아쉽고, 과외를 한다는 사실이 부러웠다. 규리는 여전히 학원을 등록하지 못하고 있었다.

"그럼, 내일 또 올게."

"또 와?"

"나, 나 오는 거 싫어요?"

"아니, 아니, 아니!"

규리의 말에 민기는 다시 한번 치아가 다 드러나도록 웃더니, 먹고 남은 쓰레기를 챙겼다. 규리가 왜 그러느냐고 묻자, 민기가 말했다.

"어머님이 왜 젓가락이 두 개냐고 물으실까 봐."

규리는 민기의 '어머님' 소리도, 그런 사소한 것까지 신경 쓰는 것도 너무 좋았다.

규리는 엄마에게 내일부터 매일 학교 끝나고 오후 여섯 시까지 노래방을 보겠다고 선언했다. 엄마는 규리의 의도를 일단 의심부터 했다가 대신 용돈을 인상해달라는 말에 안심(?)하고는 그러라고 했다.

민기는 약속을 지켰다. 다음 날도, 그다음 날도 노래방을 찾았다. 단 한 번도 빈손으로 오는 법이 없었다. 떡볶이, 핫도그, 토스트, 샌드위치 등 매일 다른 간식을 챙겨 왔다.

"이렇게 매일 간식 사 먹어도 돼?"

규리는 민기의 호주머니 사정이 염려스러워졌다.

"아, 난 이게 저녁."

민기는 아무렇지 않은 표정으로 말했다.

"우리 엄마 아빠 맞벌이. 둘 다 거의 매일 밤 열 시 넘어서 귀가해서 용돈 많이 줌."

"그럼 혼자서 괜찮은 거 사 먹지. 밥 시켜 먹는 게 낫잖아."

"밥은 남이랑 같이 먹는 게 제일 맛있어."

이 말에 규리는 빈정이 상했다.

우리가, 남인가?

규리는 목구멍이 간질간질했지만 참았다. 이 질문에 만에 하나 '그럼 우리가 남이 아니면 뭔데?'라고 물으면, 대체 뭐라고 대답해야 할까 싶었다.

친구. 그래, 같이 어울리니까 친구 맞지. 실제로 SNS에서도 호칭이 친구고.

하지만 규리는 그 '친구'라는 호칭이 민기의 앞머리만큼 마음에 들지 않았다.

————— 열네 살, 내 사랑 오드아이

민기는 여전히 규리에게 자신의 얼굴을 보이지 않았다. 이 정도로 친해지면 얼굴을 보여줄 것 같은데 대체 왜 그토록 보여주지 않는 건지 규리는 민기의 얼굴이 궁금해서 미칠 것 같았다.

다음 날은 다시 떡볶이였다. 규리는 민기의 얼굴이 너무 궁금한 나머지, 앞머리에 떡볶이 국물이 묻었다는 핑계를 대며 손을 갖다 대려고 했다. 그랬더니 민기가 얼굴을 그대로 휙 뒤로 빼버렸다. 그러곤 갑자기 급한 볼일이 생겼다며 떡볶이를 그대로 둔 채 가버렸다.

규리는 민기의 반응에 크게 놀랐다. 혼자 남아 떡볶이를 먹으며, 민기가 다시는 알은체를 하지 않으면 어쩌나 전전긍긍했다.

이날, 민기는 메시지가 없었다. 다음 날 학교에 갔을 때엔 "좋은 아침" 하고 서로 메시지를 주고받은 뒤 자꾸 대화가 끊겼다.

민기는 노래방에도 오지 않았다. 미리 "부모님이 일찍 오셨음. 같이 저녁 먹재"라는 메시지를 보내오긴 했지만 믿을 수 없었다. 규리가 싫어 핑계를 대는 것 같았다.

규리는 어제 그 일 때문이냐고 메시지를 몇 번이고 보내려다 말았다. 그랬다가 정말 그렇다는 말이 돌아오면 감당할 수 없을 것 같았다.

다음 날 아침, 학교에 갔을 때 민기는 평소와 같았다. 먼저 "좋은 아침" 하고 메시지를 보내왔다. 규리는 답장을 보내면서도 계속 겁이 났다. 이대로 민기가 서서히 자신과 대화를 끊으면 어쩌나 상상했다가 눈앞이 깜깜해졌다.

가까스로 생긴 말벗이었다. 민기가 있다는 사실만으로 학교에 가는 게 즐거웠다. 그런 민기가 없다면…. 상상조차 하고 싶지 않았다.

다행히 이날 오후, 민기가 노래방에 왔다. 아무 일도 없었다는 듯 도넛과 커피를 들고 나타나서는 "이건 절대 앞머리에 묻히지 않을 자신이 있거든"이라고 말하는 소리에, 규리는 또 양팔을 머리 위로 번쩍 들어 동그라미를 만들었다.

며칠 뒤, 배 밭 길이 다시 열렸다. 민기는 규리가 노래방에서 나오길 기다렸다가, 함께 그리로 가자고 했다. "과외는 어쩌고?"라는 규리의 말에, 민기는 "너 더 만나려고 한 시간 늦췄어" 하고 말해 또 한번 규리가 머리 위로 손을 번쩍 들어 동그라미를 만들게 했다.

민기는 그런 규리의 손을 잡아 내렸다. 둘은 손을 맞잡고 앞뒤로 흔들며 배 밭으로 향했다. 언젠가부터 둘은 자연스레 손을 잡는 사이가 되었다.

둘이 배 밭 길에 들어섰을 때엔 노을이 지고 있었다. 둘은 노을로 물든 배나무 사이를 천천히 걸었다.

"여기서 처음 우리가 대화를 했지."

규리가 말했다.

"그땐 니 목소리 듣고 여자애로 착각했었는데."

"아직도 착각해?"

"네버."

민기는 변성기가 왔다. 이제 목소리가 키에 걸맞게 변하고 있었다.

"저기, 규리야."

민기가 서서히 걸음을 멈췄다.

"응?"

규리가 민기와 손을 잡은 채 마주 보고 섰다. 민기는 입을 살짝 앙다문 얼굴로 규리를 내려다보았다.

"나, 너한테 말할 게 있어요."

실종됐던 어색한 존댓말이 돌아왔다. 어지간히 긴장했다

는 뜻이었다. 민기는 한참 규리의 손을 만지작거리더니 가까

스로 입을 열었다.

"그러니까 실은, 내가. 그러니까, 내가."

민기는 쉽사리 입을 열지 못했다.

"그러니까. 그게. 아 이거."

민기는 처음 이곳에서 이야기를 나눌 때처럼 쩔쩔맸다.

이제 해가 완전히 졌다. 주변은 어두웠다. 인기척은 없었

다. 밤바람이 규리와 민기의 머리카락을 살짝 흐트렸다. 잘

익어 달착지근해진 배 냄새가 코끝을 스치고 지나갔다.

"아, 어떻게 해야 하나. 아, 진짜."

민기가 안경을 벗었다. 뒷머리를 벅벅 긁었다. 그러고는

푹 내린 앞머리 너머로 규리를 다시 진지한 표정으로 바라보

았다.

그 표정에 규리는 한 가지 가능성을 눈치챘다.

키, 키스!

규리는 가슴이 터질 것 같았다. 아까 떡볶이가 아니라 도

넛을 먹어 다행이라고 생각하며 눈을 질끈 감았다.

그런데 한참을 기다려도 입술이 닿는 느낌이 들지 않았

다. 뭔가 이상하다는 생각에 눈을 살짝 떠보니 민기가 뭔가

말하려는데 쉽지 않은 듯 입만 벙긋거리고 있었다.

그때, 아까보다 더 강한 바람이 한차례 불었다. 바람은 아직 남아 있는 배의 향을 몰고 오는 것과 동시에 민기의 앞머리를 흐트러뜨렸다.

은은한 달빛 아래, 온전한 민기의 얼굴이 드러났다.

훤한 이마가 뽀얗게 빛났다. 도수 없는 안경 너머 살짝 처진 듯한 두 눈은 윤곽이 뚜렷해 갸름한 얼굴형과 잘 어울렸다. 규리는 대체 왜 민기가 얼굴을 늘 가리고 다닌 건지 이해할 수 없었다.

다음 순간, 가로등에 불빛이 들어왔다. 지나치게 밝은 빛은 민기의 얼굴에 뚜렷한 입체감을 부여했다. 덕분에 규리는 왜 그토록 민기가 얼굴을 감추고 다녔는지, 규리가 앞머리로 손을 뻗었을 때 왜 강한 거부감을 보였는지 알 수 있었다.

가로등 불빛에 드러난 민기의 두 눈. 그 두 눈은 서로 다른 색을 띠고 있었다. 오른쪽 눈은 진한 갈색이었지만 왼쪽 눈은 한없이 투명한 푸른색이었다.

"내 입으로 직접 말해주려고 했는데. 바람에게 먼저 들켜 버렸네요."

민기가 또 어색한 존댓말을 쓰기 시작했다.

"나 너 좋아해. 하지만 사귀자는 말을 하기 전에 꼭 말해 주고 싶었어요. 나 눈 양쪽 색깔이 달라. 이래도 나랑 사귀어 줄래요?"

규리는 너무 놀라 민기의 오드아이만 멍하니 바라보고 있었다. 그 반응이 민기를 당황시켰다.

"네, 네가 나랑 같은 책 읽을 때부터 네게 호감이 있었어. 하지만 네가 오드아이인 척해서 왕따를 당했다고 들어서. 나 오드아이라서 왕따당해서 전학 온 건데. 사실 나 너 계속 좋아했는데. 어떻게 고백해야 할지 몰라서. 오드아이는 녹내장에 걸려서 부작용으로. 남사친은 싫은데."

민기는 횡설수설했다.

"밥은 같이 먹고 싶고. 나 오드아이인 거 알면 싫어할 수도 있으니까. 난 너 없으면 다시 외톨이가 되는데 그건 너무 무섭고. 그렇다고 이대로 지내기도 싫고. 남이 되긴 더 싫고."

처음 함께 이 길을 걸었던 날, 규리는 민기를 붙잡고 한참 말을 쏟아냈다. 입을 다무는 순간 민기가 어떤 반응을 보일까 무서워서 말을 그칠 수 없었다. 민기는 그날의 규리처럼 겁을 잔뜩 먹은 게 분명했다.

규리는 민기 덕에 말을 멈출 수 있었다. 그날, 민기가 찍은

사진 덕에 규리는 자신의 민얼굴을 아주 조금 좋아할 수 있게
되었다. 이제 규리가 보답을 할 차례였다.

규리가 민기를 향해 양손을 뻗었다. 민기의 목에 양손을
둘러 아래로 잡아당기는 것과 동시에, 살짝 까치발을 섰다.
그대로 민기의 입술을 훔쳤다.

민기의 입술에서 달콤한 배의 향과 눈물의 쓴맛이 났다.

열네 살 규리, 첫 키스였다.

다시 민기와 규리의 얼굴이 서로에게서 멀어졌다. 민기는
얼떨떨한 표정으로 입을 벌린 채 규리를 내려다봤다.

"나, 렌즈 낄까?"

민기에게 규리가 말했다.

"갑자기 왜?"

"너 혼자 오드아이면, 너무 튈까 봐. 네가 괴로울까 봐. 외
로울까 봐. 그러니까 내가 렌즈 껴주면⋯."

"안 돼. 너 눈 큰일 났었다며."

민기는 엄마 같은 말을 하며 정색했다.

다음 날 같은 시각 같은 길, 민기와 규리는 맞잡은 손을 앞
뒤로 크게 흔들며 걷고 있었다.

"근데, 정말 나 렌즈 끼면 안 돼?"

한참 그렇게 걷다가 규리가 말했다.

"안 된다니까!"

"하루 네 시간은 껴도 된대. 우리 타이머 맞춰놓고 끼자."

"안 돼."

"딱 하루 네 시간만. 네 시간만 오드아이 커플 하자."

"안 돼, 안 된다고! 내 눈에 흙이 들어가기 전에 그 꼴 못 봐!"

티격태격하면서도, 둘은 결코 맞잡은 손을 놓지 않았다.

소녀들의 여름

장아미

하연이 눈물을 글썽이며 하품을 했다. 오른
뺨에 동그라니 눌린 자국이 생겨 있었다.

　기지개를 켜기 위해 뻗은 팔을 내리고 하연이 몸을 일으
켰다. 소파 테이블에 놓인 책의 표지가 조금 구겨져 있었다.
독후감 숙제 때문에 읽는 책은 지루했다. 그렇다고 낮잠을 잘
생각까지는 없었는데.

　하연은 하기 싫은 일도 대강대충 해치우지 않았다. 꼼꼼
하고 성실하게 마지막까지 잘 챙겼다. 나이답지 않게 어른스
러웠다. 그러나 여름의 뜨거움은 그런 하연마저 흐리멍덩하게
만들었다. 재미없는 것들을 두 배는 더 재미없게 만들었다.

　하연이 냉장고 앞으로 걸어갔다. 냉동실 문을 열고 아이
스바를 하나 꺼냈다. 소파 끝에 걸터앉아 엄지발가락으로 꾹
선풍기 전원 버튼을 눌렀다. 긴 생머리가 바람에 날렸다.

　작은방의 문이 열린 걸 보면 동생은 나가고 없는 모양이

었다. 하연은 동생과 어울려 다니는 남자아이들 무리를 떠올리며 흥 소리를 냈다. 하연과 동생은 네 살 차이였다. 하연에게 동생은 어디로 튈지 모르는 공 같았다. 시끄럽고 부산스러운 데다 도무지 말이 통하지 않았다.

아이스바를 입에 문 하연은 휴대폰을 들고 유튜브 앱을 실행시켰다. 〈왜냐하면〉은 '여름, 소녀'의 첫 번째 미니앨범 《여름,》에 수록된 곡들 중에서 하연이 제일 좋아하는 노래였다.

왜냐하면 너는 여름이니까
네 뺨의 보조개는 나만 알고 싶지
왜냐하면 너는 여름이니까
네 웃음은 탄산음료 같아 짜릿해

하연은 콧노래를 흥얼거리며 아이스바를 베어 먹었다. 자두 맛 아이스바는 달고 시고 시원했다.

걸 그룹 '여름, 소녀'의 멤버들 가운데 하연의 최애는 미지였다. 〈왜냐하면〉의 뮤직비디오에서 미지는 비눗방울을 불었고 인라인스케이트를 탔으며 허공에 발차기를 했다. 미지는 키는 작았지만 몸동작이 컸다. 씩 웃을 때마다 덧니가 눈에 띄었고 양 볼에 보조개가 팼다. 하늘색 휴대폰 케이스에는 도라에몽이 프린트돼 있었다.

하연은 자신이 언제부터 미지를 좋아하기 시작했는지 정확하게 기억하지 못했다. 다만, '여름, 소녀'의 뮤직비디오를 볼 때면 제 눈이 거의 항상 미지를 따라다닌다는 걸 어느 순간 문득 깨달았다.

하연과 친한 친구들은 모두 예외 없이 '프라이데이'의 팬이었다. 하연은 친구들 앞에서 '프라이데이'에 열광하는 척했다.

남은 아이스바를 삼킨 하연이 몸을 움직여 베란다 창문을 열었다. 바람이 시원하다기보다 후텁지근했다. 대낮의 아파트 단지는 조용했다. 의미가 불분명한 외국어로 조합된 이름 앞에 에듀라는 단어를 앞세운 신축 아파트였다. 30평형대의 이 아파트가 하연에게는 다섯 번째 집이었다. 이곳으로 이사 오기 위해 부모님이 얼마의 대출을 받아야 했는지 하연은 어렴풋하게 짐작하고 있었다.

맞벌이인 엄마와 아빠는 하연이 기억하는 한 언제나 바빴다. 방학 내내 하연은 늦잠을 자는 동생을 깨워 빵과 우유를 챙겨주고 양치질을 하라고 윽박지르게 될 것임을 직감했다.

하연은 때때로 엄마가 욕실 거울 앞에서 화장을 지우며 한숨을 쉰다는 걸 알고 있었다. 늦은 밤, 아빠가 텔레비전을 켜놓고 혼자 맥주를 마신다는 것도.

하연이 무선 이어폰을 사고 싶다는 생각을 마음속에만 담아두고 있는 것도 그 때문이었다.

하연은 베란다 창문을 닫고 방으로 들어갔다. 학원에 갈 준비를 해야 했다.

반팔 티셔츠에 데님 반바지, 발목을 덮는 길이의 흰 양말과 보드화. 포니테일로 묶은 머리카락이 좌우로 경쾌하게 흔들렸다.

하연이 어깨에 부딪는 머리칼을 넘겼다. 하연은 머리가 길었다. 묶지 않고 늘어뜨리면 등 뒤를 고스란히 덮을 정도였다. 숱이 많고 결이 좋은 직모라 알게 모르게 주위의 부러움을 샀다.

쌍꺼풀이 지지 않은 눈에 낮은 코, 희지도 검지도 않은 피부, 이마에 난 약간의 뾰루지. 하연은 가슴이 작았다. 초경은 아직 시작하지 않았다. 수줍음을 심하게 타는 데다 재미있는 농담을 잘하는 성격도 아니었다. 남들 앞에서 의견을 내기 전

하연은 식은땀이 밴 손을 쥐고 한동안 각오를 다져야 했다.

그래서 자를 수 없었다. 이 머리카락마저 잃어버리면 하연은 아무것도 아니었으니까. 비슷한 디자인의 티셔츠에 데님 반바지를 입고 흰 양말에 보드화를 신은 소녀들 속에서, 남들의 이목을 조금도 끌지 못할 것 같았다. 남동생이 부모님의 관심을 모조리 가져가버린 것처럼. 스스로를 더는 좋아할 수 없을 것 같았다.

젖은 머리칼을 말린 하연을 의자에 앉혀 빗질을 해주며, 엄마는 종종 이렇게 말하곤 했다.

"역시 긴 머리가 예쁘다니까."

그러는 엄마의 머리카락은 턱 끝에 닿을락 말락 한 단발이었다. 하연은 엄마의 얘기에 전적으로 동의하지는 않았지만 자신에게는 지금의 머리 모양이 잘 어울린다고 내심 믿고 있었다.

때론 손거울을 들여다보며 자신의 머리가 엄마처럼 짧으면 어떤 모습일까 궁금해한 적도 있었다. 언젠가는 귀 아래까지 잘라볼까 생각하기도 했다. "어떻게 해드릴까요?" 묻는 미용사 언니에게 그렇게 대답해보려고 시도하기도 했다. 하지만 끝내 실행에 옮기지는 못했다.

그럼에도 가끔은 그런 자신마저 특별하게 느껴지는 순간
이 있었다. '여름, 소녀'의 노래를 따라 부르는 지금 같은 때.
하연의 귀에 꽂힌 이어폰에서 〈스파클!〉이 흘러나왔다. '여름,
소녀'가 두 번째로 발표한 미니 앨범의 타이틀곡이었다.

그때 노랫소리가 작아지면서 카톡 알림음이 들렸다. 하연
은 반바지 주머니에서 휴대폰을 꺼냈다. 전화기를 조작해 음
악 재생을 멈추고 그룹 채팅방에 입장했다.

> 너네 프라이데이 새 영상 봤음?

다정이 보낸 메시지였다. 그 즉시 기다렸다는 듯 몇 초 간
격으로 메시지가 쏟아졌다.

> 와이 완전 귀여움

> 진짜

> 아니거든. 현수가 최고거든

하연이 언제 대화에 끼어들어야 하나 망설이는 순간에도 새 메시지는 도착했고, 그 옆에 붙은 숫자가 줄어들었다.

그룹 채팅방의 멤버는 하연을 포함해 넷. 그중 하연을 제외한 셋은 같은 초등학교를 졸업했다는 공통점이 있었다. 그들 넷은 모두 인근의 아파트에 살았다. 동호수만 듣고도 서로의 집이 몇 평인지 알 수 있었다.

중학교에 입학하기 직전 이곳으로 이사 온 하연은 친구들이 그를 무리에 받아들여준 것이 고마웠지만 때때로 그들과 자신 사이에 단단하게 뿌리내린 이질감을 감지했다. 보이지 않는 벽 뒤에 혼자 서 있는 느낌이었다. '프라이데이'가 공통의 화제로 떠오를 때도 그랬다.

메시지를 확인하는 데 정신이 팔려 맞은편에서 오는 아주머니와 부딪칠 뻔한 하연이 걸음을 늦추었다. 그러다 바로 앞 어딘가에 시선을 떨어뜨렸다. 전화기를 만지던 손놀림이 느려졌다.

대로변 화단 옆에 누군가 서 있었다. 이건 설마. 〈스파클!〉일까. 게다가 이 부분은 미지의 파트인데. 하연이 귀에서 이어폰을 빼 들며 그 자리에 정지했다.

커트 머리를 한 소녀였다. 헐렁한 티셔츠에 트레이닝 바지 차림. 어깨까지 접어 올린 소매 밖으로 쭉 뻗은 팔의 움직임이 크고 힘차 보였다. 목덜미는 그을렸고 콧등은 주근깨로 뒤덮여 있었다. 볕에 타는 걸 개의치 않아 하는 사람이리라는 확신이 들었다. 엄마는 외출을 앞두고 선크림을 발랐고 하연에게도 반드시 그렇게 할 것을 권했다.

지나는 행인들이 던지는 무심한 눈길들 속에서 소녀는 혼자 춤을 추고 있었다. 음악은 들리지 않았다. 무선 이어폰을 꽂은 걸까, 하연이 유심히 관찰해보았지만 그것도 아니었다.

발걸음을 멈춘 채로 하연은 소녀를 춤추게 하는 허구의 선율에 귀를 기울였다. 소녀 자신을 제외하면 지금 이 거리에서 그 노래를 들을 수 있는 이는 오직 하연 하나뿐이었다.

스파클! 너는 알까 이 순간의 반짝임
스파클! 놓칠 수 없어 스파클! 스파클! 리틀 스타

하연이 흠칫 놀라 숨을 들이켰다. 방금 전까지만 해도 주위의 이목 따윈 아랑곳하지 않고 몸을 놀리던 소녀가 동작을 멈추고 우두커니 서 있었다. 언제 춤 같은 걸 춘 적 있느냐는 듯이. 두 팔을 내리고 하연을 쳐다보고 있었다. 실재하지 않았으나 들을 수 있었던 노래 역시 순식간에 사라졌다.

"그게, 저기."

무슨 말이든 해야 한다는 압박감에 사로잡혀 쩔쩔매던 하연이 예기치 않게 옆에 있던 누군가를 건드렸다.

"아, 죄송해요."

하연이 얼결에 사과했다. 낯모르는 아이들이 그를 에워싸고 있었다. 여자애가 둘, 남자애가 하나. 개중 가장 키가 큰 여자아이가 하연에게 다가왔다. 이마 앞으로 흘러내린 머리 한 움큼을 짙은 초록색으로 염색한 아이였다.

"왜, 무슨 할 말이라도 있어?"

하연이 새파랗게 질려 우물거렸다.

"아, 아뇨."

그 애가 춤을 추던 소녀와 눈을 맞추며 하연을 향해 턱짓했다.

"세아야, 아는 애야?"

이름이 세아였구나. 당황해 어쩔 줄 모르던 그 순간에조차 하연은 저 소녀의 이름을 알게 돼 다행이라는 생각을 하고 있었다. 세아가 절레절레 고개를 흔들었다.

"아니. 처음 보는데."

하연의 뺨이 빨개졌다. 하연은 자신의 행동이 부끄러웠다. 내가 왜 그랬을까. 가뜩이나 늦었는데. 이러다 학원에 지각할지도 모르는데.

"나, 나는 이만 가볼게요."

하연이 후다닥 뛰기 시작했다. 등 뒤로 시선이 와 닿는 것이 느껴졌다. 잊자. 잊어버리자. 별일도 아닌데, 뭘. 그러면서 한편으론 그 소녀를 떠올리는 자신을 어쩔 수 없었다. 그 애가 추었던 춤을, 다갈색의 갸름한 얼굴과 높고 맑은 목소리를, 귓가에 맴도는 노래를. 칠판 가장자리에 시선을 고정시킨 채로 자꾸만 곱씹었다.

선생님의 말씀이 하나도 제대로 들리지 않았다. 학원에 앉아 하연은 내내 그 소녀, 세아를 생각했다.

하연이 들고 있던 물건을 내려놓았다. 출입문 밖으로 팔짱을 낀 소녀들이 지나갔다. 누가 무슨 농담이라도 했는지 와하하 동시에 터뜨린 웃음소리가 생기 있었다. 진열대에 놓인 제품 패키지를 노려보며 하연이 푹 한숨을 내쉬었다.

학원에서 나와 집으로 돌아가는 길. 민희는 립글로스를 새로 사야 한다며 친구들을 화장품 로드 숍으로 끌고 들어갔다. 하연은 블러셔며 틴트 따위를 구경하는 아이들 뒤에 외따로 떨어져 있었다. 하연은 화장에 관심이 없었다. 그렇다고 친구들과 헤어져 먼저 귀가하고 싶은 생각도 없었지만.

엄마는 학원 수업이 끝나면 곧장 집에 와 동생을 챙기라고 하연에게 신신당부했다. 하연으로서는 억울한 일이었다. 나는 뭐 애 아닌가. 친구들과 잠깐 놀지도 못하나.

눈살을 찡그린 하연이 돌아섰을 때 친구들은 자기들끼리 모여 속닥거리고 있었다.

"걔네가 글쎄 점수를 매겼대."

다정이 말하자, 서윤이 바로 앞 거울을 들여다보며 입술을 비죽거렸다.

"미쳤네."

그렇게 중얼거리던 서윤의 앞머리에는 헤어롤이 말려 있었다. 민희가 소리 죽여 다정에게 물었다.

"그거 너는 본 거지?"

"어."

그 한마디를 뱉고 다정이 말문을 닫았다. 치아 교정기를 낀 입매가 고집스러워 보였다.

"그래서, 뭐라고 적혀 있었는데? 응? 더 말해봐, 어서."

민희가 굽힌 팔꿈치로 다정의 팔을 툭 쳤다. 가늘게 뜬 눈
초리에는 불쾌감과 함께 숨길 수 없는 호기심이 드러나 있었
다. 아닌 척해도 서윤 역시 다정의 얘기에 귀를 쫑긋 세운 눈
치였다.

알고 보니 그날 학원에서 같은 수업을 듣는 남학생들이
여학생들의 외모에 점수를 매기다 들켜 선생님에게 주의를
받았다고 했다. 어쩐지 우리 쪽을 훔쳐보며 낄낄거린다 했더
니 그게 그 일 때문이라니. 하연은 기분이 나빴다. 왜 그런 짓
을 하는 거지? 사람을 채점할 수 있다고 믿는 걸까, 정말로?

새침한 미소를 머금은 다정이 손에 쥔 향수병을 진열대에
도로 올려놓곤 대뜸 하연을 가리켰다.

"쟤 점수 무지 높더라고."

"하연이가?"

민희가 의외라는 듯 하연을 흘끔거렸다. 서윤이 하연을
손가락질하며 귀엣말했다.

"머리 때문이잖아, 쟤 머리카락이 길어서."

"아, 미안."

하연이 사과했다. 자신의 잘못이 아니라는 걸 알면서도,
별 이유 없이 무안을 당할 때면 언제나 그랬듯이.

하연에게서 눈길을 거두고 친구들이 자기들끼리 떠들기 시작했다. 이 제품 저 제품 서로에게 권해주며 샘플 제품을 손등에 발라보거나 입술에 살짝 찍어보기도 했다. 한참 소란을 떤 끝에 셋은 같은 컬러의 틴트를 하나씩 골랐다. 민희가 빈손인 하연을 곁눈질하며 물었다.

"너는 아무것도 안 사?"

"나는 필요한 게 없어서."

하연이 중얼거리다시피 말했다. 셋 중 민희를 대하는 것이 하연은 제일 어려웠다. 보다 못한 다정이 하연의 손에 뭔가를 쏙 쥐여주었다.

"너도 하나 사. 우리 다 같은 색으로 바르고 다닐 거야."

하연이 난감한 표정으로 손바닥에 놓인 틴트를 내려다보았다. 각진 용기의 겉면에 붙여진 스티커에는 '매지컬 피치'라고 적혀 있었다. 하연은 자신에게는 아직까지 립밤 정도면 충분하다고 생각했다. 게다가 하연은 분홍색을 싫어했다.

그럼에도 자신의 반응을 살피듯 진지하게 시선을 마주한 다정 앞에서 싫다고 도리질하는 대신 위아래로 크게 고개를 끄덕이고 말았다.

"어, 그렇게."

미움받고 싶지 않았으니까. 친하게 지내고 싶었으니까. 하지만 필요도 없는 틴트 같은 걸 구입하느라 모아놓은 용돈의 일부를 써야 한다고 생각하니 역시 조금은 우울해졌다.

다정이 안도했다는 듯 활짝 웃으며 하연의 팔을 잡았다. 친구들이 다시 수다를 떨었다. 뒤따라 걷던 하연의 시선이 어딘가에 멎었다. 가게에 그들이 아닌 다른 손님이 입장해 있었다. 하연의 눈이 일순간 휘둥그레졌다.

그때 그 아이였다. 거리에서 음악도 없이 춤추던 소녀. 이름이 세아라고 했지, 아마.

세아는 그날처럼 티셔츠에 트레이닝 바지를 입고 있었다. 양옆에 흰 선이 들어간 초록색 바지는 한쪽만 살짝 걷어 올려져 있었는데, 그 때문에 줄무늬 양말의 발목 부분이 드러났다.

하연이 휙 몸을 돌렸다. 마음 같아서는 그 소녀가 무엇을 하는지 훔쳐보고 싶었지만 그러지 않는 게 좋으리라는 예감이 들었다.

"아까부터 배가 살살 아픈데. 생리 때문인가."

혼잣말을 하며 민희가 유심히 카운터를 주시했다. 카운터에는 젊은 여자 점원이 서 있었다. 샘플로 내놓은 매니큐어를 만지작거리던 민희가 이를 슬쩍 크로스백에 흘려 넣었다.

하연은 그 광경을 뻔히 지켜보고 있으면서 아무 말도 하지 못했다. 민희는 이전에도 편의점이며 제과점에서 껌이나 사탕 같은 물건들을 가방 안에 몰래 숨겨 오곤 했다. 설사 그것들의 가격이 비싸지 않다고 하더라도 그 같은 행동이 용납받을 수 없는 것임은 분명한 사실이었다.

하연은 그럴 때마다 어떤 반응을 보여야 할지 몰라 안절부절못했다. 다른 친구들이 민희의 행동을 암묵적으로 용인하는 것처럼 보인다는 점도 하연을 당혹스럽게 만들었다.

민희가 서윤에게 다가가 옆구리를 쿡 찔렀다.

"야, 생리대 갖고 있어?"

서윤이 몸을 뒤틀며 깔깔거렸다.

"어, 하나면 돼?"

소녀들은 바구니에 넣어둔 물건을 꺼내 각자 따로 계산했다. 하연이 틴트를 가방 앞주머니에 넣으려고 할 때 점원이 그들을 불러 세웠다.

"학생들, 잠깐만요."

소녀들이 거의 동시에 동작을 멈추었다. 민희의 눈가에 긴장한 기색이 어렸다. 점원이 카운터에서 나와 곧장 그들에게 다가왔다.

"저쪽 진열대에서 뭔가를 집는 것 같던데. 그 물건은 계산 안 한 것 같아서요."

점원의 눈이 세 아이를 차례로 건너뛰어 민희에게 조금 더 길게 머물렀다. 민희가 마른침을 삼키는 소리가 하연의 귀에까지 들리는 것 같았다.

서윤이 발끈하며 앞으로 걸어 나왔다.

"그게 지금 무슨 말씀이세요?"

동시에 민희가 스리슬쩍 물러났다. 서윤의 음성이 높아졌다.

"우리더러 물건을 훔쳤다는 거예요? 증거도 없이 손님을 이렇게 도둑 취급해도 되는 거예요?"

서윤의 반응에 점원은 난색을 표하면서도 이대로 물러서지 않겠다는 듯 어깨를 꼿꼿이 폈다.

"그렇게 감정적으로 굴지 마시고요. 그냥 확인만 하자는 거예요."

순간 민희가 크로스백에 넣어두었던 매니큐어를 꺼내 하연에게 넘겼다. 다정이 점원의 눈길이 닿지 않도록 그들을 가로막은 채로 딴청을 부렸다.

하연이 입술을 깨물었다. 등줄기에서 식은땀이 흘렀다. 나더러 대체 어쩌라는 거지? 이제 뭘 어떻게 해야 하는 거야?

그때 바로 옆에서 느닷없는 말소리가 터져 나왔다.

"와, 저게 뭐지?"

아이들과 점원 모두 소리가 들린 방향으로 시선을 던졌다. 세아가 출입문 밖 한 지점을 뚫어져라 바라보고 있었다. 점원이 목을 쭉 뺐다. 그러나 여름 볕이 쏟아지는 거리에는 행인들이 한가롭게 오가고 있을 뿐 특이한 점은 찾아볼 수 없었다.

세아가 하연의 손에서 매니큐어를 빼냈다. 하연은 겁먹은 나머지 숨도 못 쉴 지경이었다. 세아가 빼앗은 매니큐어를 진열대 앞 바닥에 재빨리 내려놓았다.

"뭔데요? 뭐가 있었는데요?"

얼굴을 돌린 점원이 신경질적으로 따져 물었다.

"못 보셨나 보네요. 그럼 어쩔 수 없고."

진열대에 팔을 올리고 세아가 천연덕스럽게 어깨를 들썩였다. 그런 다음 깜짝 놀라는 시늉을 하면서 아래를 내려다보았다.

"저건… 매니큐어인가?"

바닥에 떨어진 매니큐어를 집어 든 세아가 점원에게 보란 듯이 이를 들이밀었다.

"계산 안 한 물건이라는 게, 혹시 이걸 말씀하시는 거예요? 샘플 매니큐어?"

점원이 매니큐어를 건네받고 당황스럽다는 듯 더듬거렸다.

"이게 왜 저기에 있지."

"다행이네요. 더 큰 소동이 벌어지기 전에 찾을 수 있어서." 세아가 마침표를 찍듯 내뱉었다. "사려고 했던 물건도 없고. 저는 이만 가볼게요. 수고하세요."

그대로 돌아서는가 싶던 세아가 바지 주머니에 손을 찌르고 하연을 똑바로 응시했다.

"안 나갈 거야?"

"어, 나?"

하연이 주위를 둘러보며 눈을 끔뻑였다.

"그래, 너. 안 나갈 거냐고."

"어, 나도 이제 나가야지."

하연이 엉겁결에 세아를 따라나섰다. 세 친구는 출입문을 통과하는 그들을 멍하니 지켜볼 뿐이었다.

한낮의 거리는 뜨거웠다. 하연이 고개를 숙인 채로 비틀거렸다. 머리가 텅 비어 제대로 된 사고를 할 수 없었다. 그런

식으로 친구들과 헤어진 것이 얼마나 다행인지 몰랐다. 하연은 그들을 마주 볼 자신이 없었다. 자신의 손에 훔친 물건을 쥐여준 민희를, 이를 방조한 다정과 서윤을 예전처럼 태연하게 대할 수 없을 것 같았다.

눈 밑이 뜨거운 게 금방이라도 눈물이 새어 나올 듯했다. 콧등이 시큰거리고 목이 멨다.

하연이 흐린 눈을 들어 옆을 돌아보았다. 별생각 없이 횡단보도를 건넜는데 정신을 차리고 보니 상점가를 벗어나 있었다. 하연이 한 번도 와본 적 없는 곳이었다.

"저기, 지금 어디로 가는 거야?"

"너는 어디 가는 줄도 모르고 따라온 거야?"

세아가 되물었다. 그 말투가 몹시 퉁명스러웠다.

"그게, 나는 그냥."

하연이 말끝을 얼버무렸다. 그런 하연의 태도가 답답하다는 듯 세아가 말소리를 높였다.

"원래 성격이 그래?"

"내 성격이 뭐?"

"하고 싶은 말이 있으면 그냥 해. 뜸 들이지 말고."

"사실 말이야." 하연이 붉어진 눈가를 문지르며 덧붙였다.

"아깐 고마웠어."

예상치 못한 말에 세아는 쑥스러워하는 눈치였다.

"뭘 그런 걸 갖고."

"시시티브이를 확인하자고 하면 어쩌려고 그랬어?"

"훔친 사람은 내가 아닌걸. 너도 잘못한 게 없고. 점원 언니한테는 미안하지만. 그 사람도 아무 잘못이 없으니까."

"그렇기는 한데."

"뭐야. 설마 널 도와주지 말았어야 했다는 뜻은 아니지?"

세아가 뾰족한 목소리를 냈다. 하연이 발밑을 내려다보며 도리질했다.

"아니, 그런 말이 아니라. 나는 그때 어떻게 해야 할지 몰라서."

"거짓말을 못 하는 성격이구나, 그렇지?"

그 어조가 칭찬하는 것처럼 들려 하연은 왠지 조금 기뻤다. 그런 하연을 빤히 쳐다보는가 싶더니 세아가 얼른 눈길을 돌렸다.

"저쪽 길로 가면 돼."

"어?"

"저 계단을 올라가면 우리 집이 나온다고." 두 손을 주머니에 꽂은 채로 세아가 땅을 걸어찼다. "당장 돌아가야 하는 게 아니면 잠깐 들렀다 가도 되고."

하연은 별안간 가슴이 뭉클해졌다. 낯선 저 소녀의 마음 씀씀이가 고마웠다. 뜻밖의 일을 당한 자신을 위로해주려는 의도일까. 그러나 동시에 망설임이 그를 붙들어 세워 상대의 제안에 함부로 응하지 못하도록 했다.

태권도장에서 나와 동생은 벌써 집에 돌아와 있을 것이다. 평소대로라면 하연은 귀가해 동생을 돌보고 있어야 했다. 더군다나 잘 알지도 못하는 사람을 이렇게 무턱대고 따라가도 괜찮을지 확신이 들지 않았다. 엄마한테 메시지를 보내 물어봐야 할까. 일이 바빠서 문자를 늦게 확인하면 어쩌지?

그렇지만 그 자리에서 머뭇거리는 동안, 걱정은 희미해지고 소심한 자신을 질타하는 음성이 점점 더 커졌다. 뭐 어때, 이번 한 번만인데. 아까 나를 도와준 걸 보면 나쁜 아이는 아닌 것 같지 않아? 하연이 스스로를 설득했다.

"고마워, 그렇게 할게."

하연의 대답에 세아가 기쁘다는 듯 씩 웃었다. 둘은 앞뒤로 나란히 계단을 걸어 올라갔다. 경사가 급해 하연은 난간을 잡고 몇 번이나 숨을 골라야 했다. 반면, 세아는 익숙한 듯 쉬지 않고 발걸음을 옮겼다.

　그 계단의 끝에서 골목길이 이어졌다. 비탈을 따라 자리 잡은 단독 주택들은 아담했으며 낡아 있었다. 담장 너머로 그 집의 역사만큼 나이를 먹었을 정원수들이 무성하게 우거져 있었다.

　하연이 뒤를 넘겨다보았다. 그가 사는 아파트 단지가 경사로 아래 네모나게 구획 지어진 평지에서 잿빛 숲을 이루고 있었다. 하연이 어디를 보는지 확인하지 않아도 안다는 듯 세아가 무심히 앞으로 나아가며 물었다.

　"너 저 아래 아파트 단지에 살지?"

　하연이 고개를 끄덕였다.

　"지난겨울에 이사 왔고?"

　또 한 번의 끄덕임. 세아가 그럴 줄 알았다는 듯 콧등에 주름을 잡았다.

　"같이 다니는 애들을 보니 그럴 것 같더라. 그때 여기서 저기로 이사 나간 사람이 많거든. 있지, 나는 태어나면서부터 쭉 이 동네에서 자랐어. 도착했네, 우리 집이야."

　세아가 푸르게 칠한 대문 앞에서 걸음을 멈추었다. 하연이 눈을 들었다. 끝이 뾰족한 철제 울타리 위로 담쟁이덩굴이 늘어져 있었다. 세아가 열쇠를 꺼내 문을 땄다. 하연이 걱정스러운 말투로 뒤늦게 물었다.

"부모님은? 집에 안 계셔?"

"응."

우리 부모님처럼 맞벌이인가 보다 지레짐작하며 하연이 머리를 주억거렸다. 세아가 덧붙였다.

"두 분 이혼하셨거든. 게다가 엄마는 여름 내내 취재를 나가 있을 거라고 하고. 다큐멘터리를 찍는다나 뭐라나. 할머니는 이 시간엔 일을 나가셔서 집이 늘 비어 있어. 나는 동생도 없고 언니도 없고 오빠도 없어. 그렇지만 괜찮아. 어렸을 때부터 가깝게 지낸 친구들이 있으니까."

하연은 말문이 막혀 그 자리에 굳어버렸다.

"너 표정 되게 웃긴 거 알아?" 세아가 픽 웃으며 손짓했다. "안 잡아먹을 테니 들어와, 어서."

세아는 하연을 집 안으로 들이는 대신 곧장 정원으로 안내했다. 하연이 무례해 보이지 않도록 조심스럽게 주변을 두리번거렸다. 거실 쪽으로 난 창문 근처에 접이식 의자들이 여럿 늘어서 있었다. 그 옆으로 붉은 천막이 쳐져 있고 그늘이 드리워진 아래에는 원목 테이블이 놓여 있었다. 흡사 캠핑을 위해 준비해놓은 것 같았다.

　의자 등받이에 손을 얹으며 세아가 하연에게 권했다.

　"날씨도 좋은데 밖에 좀 앉아 있자. 괜찮지?"

　가방을 벗은 하연이 바로 옆 의자에 착석했다. 산들바람
이 불어 천막 가장자리에 매달린 드림캐처가 나부꼈다. 하연
은 마음속에 단단하게 웅어리져 있던 것이 사르르 녹아내리
는 기분이었다.

　"방학이니까, 내 마음대로 꾸며봤지. 친구들도 좋아하고.
엄마랑 가끔 캠핑을 다니거든."

　세아가 말했다. 자신 역시 무슨 얘기든 보태야 한다는 생
각에 하연이 기어들어가는 목소리로 웅얼거렸다.

　"나는 단독 주택에 살아본 적이 없어. 지금까지 쭉 아파트
로만 옮겨 다녀서."

　그때 하연의 말꼬리를 자르듯 맞은편 담벼락 위로 뭔가가
쑥 올라왔다.

　"야, 언제 왔어? 왔음 바로 부르지."

　화들짝 놀란 하연이 가슴께에 손바닥을 얹은 채로 눈을
크게 떴다. 반가움이 묻어나는 그 외침의 주인은 여자애였다.
그날 세아와 눈이 마주치고 쩔쩔매던 하연에게 무슨 용건이

냐고 물었던 바로 그 소녀.

예상치 못한 상황에 당황한 건 그 애 역시 마찬가지인 모양이었다. 두 팔을 휘휘 저으며 휘청거리는가 싶더니 가까스로 몸의 균형을 되찾곤 오만상을 쓰는 모습을 보면 확실히 그랬다. 모르긴 몰라도 담 저편에서 의자 같은 걸 밟고 올라 있는 게 아닐까 싶었다.

"쟨 왜 여기에 있는 거야?"

여자애가 고함을 지르다시피 했다.

"글쎄, 우연히…라고 해야 할지."

세아가 난처하다는 듯 우물거렸다. 그 즉시 그 애의 머리가 사라지더니 다시 한번 새된 외침이 들렸다.

"가도 돼? 지금 당장?"

"그럼, 당연하지."

잠시 뒤, 초인종 소리가 들리고 세아가 걸어가 대문을 열어주었다.

세아를 따라 들어온 아이는 셋. 여자애가 둘, 남자애가 하나. 세아가 하연을 그들과 마주 보도록 한 다음 한 명 한 명 소개해주었다.

"쟤는 윤지, 옆집에 살아. 쟤는 윤호, 윤지 동생이야. 미영이는 나랑 제일 오래 안 사이고."

아이들의 눈길이 하연에게 머물렀다. 제 차례임을 직감한 하연이 머리카락을 만지던 손을 내리곤 입술을 달싹였다.

"나는 이하연이라고 해. 동산여중 1학년이고."

"와, 우리도 동산여중 다니는데! 그런데 왜 학교에서는 한 번도 못 본 것 같지?"

미영이 의아해하는 동시에 반가워했다. 알고 보니 초등학교 6학년인 윤호를 제외하고 소녀들 모두 나이가 같았다. 하연은 왠지 모를 안도감을 느꼈다.

"혹시 고양이 좋아해?"

하연이 수줍게 고개를 까딱이는 즉시, 미영이 그의 팔을 잡아끌었다. 화단을 돌아 나가자 이웃한 지붕 위에서 볕을 쬐는 고양이 두 마리가 보였다.

"내가 밥을 챙겨주는 애들이야. 치즈 고양이들. 귀엽지?"

미영이 발돋움한 채로 조잘조잘 떠들었다. 하연은 미영과 나란히 서서 노르스름한 털을 반짝이며 낮잠을 자는 어린 고양이들을 기쁨에 차 바라보았다. 둘은 곧 정원으로 돌아왔다. 세아와 윤지가 화단 앞에서 대화를 나누고 있었다. 한편, 윤호는 천막 아래에서 태블릿 피시에 그림을 그리고 있었다.

"윤호는 모 사이트에서 웹툰을 연재 중이야. 대단하지?"
미영이 윤호 옆 의자에 엉덩이를 내려놓더니 어서 와 앉지 않
고 뭐 하느냐는 듯 하연에게 손짓했다. "윤호가 그리는 웹툰
의 아이디어를 준 게 나야."

시간 가는 줄도 모르고 미영의 얘기에 귀를 기울이던 하
연이 문득 휴대폰을 확인했다. 아뿔싸, 학원이 파한 지 벌써
한 시간이 지나 있었다. 게다가 동생에게서 수신된 메시지가
두 건이었다.

하연이 벌떡 자리에서 일어났다.

"나는 이만 가봐야겠어."

"그래. 잘 가."

미영이 아쉬워하며 손을 흔들었다. 세아가 하연을 따라
말없이 몸을 일으켰다. 그 둘을 곁눈질하는 윤지의 눈매가 일
그러져 있었다.

경사진 골목을 걸어 계단 근처에 다다라 하연이 세아에게
인사했다.

"오늘 고마웠어."

용건이 남은 것처럼 미적거리던 세아가 말했다.

"또 놀러 와."

"정말? 그래도 돼?"

하연이 묻자 세아가 웃음을 터뜨렸다.

"왜 안 되겠어? 네 전화번호 좀 알려줘."

둘은 서로를 카카오톡에 친구로 추가했다. 가벼운 발걸음으로 계단을 내려가던 하연이 뒤를 돌아보았을 때 세아는 이미 떠난 다음이었다. 하연은 그것이 서운하면서도 어쩐지 조금 홀가분했다.

그날 밤, 침대에 누워 하연은 베개 옆에 밀어두었던 휴대폰을 찾았다. 카카오톡 앱을 열고 친구 목록에 뜬 세아의 프로필을 확인했다. 세아의 프로필 사진은 노란 털이 보송보송하게 돋은 한 쌍의 발이었다. 하연은 그것이 의미하는 바가 무엇인지 단번에 알아차렸다.

다문 입술 새로 웃음이 새어 나와 하연은 한참 동안 소리 죽여 키득거렸다.

친구들은 그날 일에 대해 한마디도 하지 않았다. 마치 그 가게에서 일어난 사건을 기억에서 송두리째 지워낸 것처럼.

하연도 그런 척했다. 그러지 않으면 그 애들과 가깝게 지낼 수 없을 것 같았으니까.

하연은 민희에게 훔친 물건을 떠넘긴 이유가 뭐냐고 질문하지 못했다. 속내가 어떻든 간에 민희 또한 전과 별반 다르지 않은 태도로 하연을 대했다.

한 가지 변화가 있다면, 학원 수업이 끝나고 더는 그 애들과 어울리지 않게 됐다는 점이었다. 하연은 친구들과 함께 우르르 편의점으로 몰려가 간식을 사 먹거나 아파트 단지 내 놀이터에서 그네를 타는 대신, 혼자 횡단보도를 건너고 계단을 올라 주택가를 걸었다.

푸른색 대문 앞에 서서 초인종을 눌렀다. 세아가 하연을 반겨주었다.

미영과 함께 고양이들에게 사료를 주었고, 윤호가 웹툰 작업을 하는 것을 구경하며 이마를 맞대고 다음 화를 고민했다. 일주일에 두 번 연재한다는 그 웹툰에서 주인공인 마법소녀는 이제 막 동료들을 다 모으는 데 성공했다.

윤지는 하연을 대놓고 무시하지는 않았지만 경계하고 있음이 분명했다. 윤지는 좋아하는 것과 싫어하는 것이 분명한 아이였다. 또 손재주가 좋았다. 윤호가 그린 그림으로 핀버튼을 만들어 겉옷을 장식하는가 하면 색색의 구슬을 줄에 끼워 만든 팔찌를 끼고 다녔다. 천막 *끄트머리*에 달아놓은 드림캐

처도 윤지의 솜씨였다.

취미는 패션 잡지 수집하기. 미영의 설명에 따르면, 앞머리에 넣은 초록색 브리지는 윤지 자신이 직접 솜씨를 발휘한 것으로 여름 방학 한정이라고 했다.

윤지는 하연이 세아와 함께 있을 때 그들 곁으로 오지 않았다. 하연의 입장에서는 그게 차라리 편했다.

접이식 의자에 걸터앉아 하연이 눈을 내리떴다. 팔걸이 끝 음료수를 꽂아두는 구멍 속에서 휴대폰이 진동했다. 동생은 오늘 오후에 친구들을 집에 초대할 거라고 선포했다. 엉망으로 어질러져 있을 거실을 떠올리자니 하연의 미간에 절로 힘이 들어갔다. 옆에서 미영과 윤호가 웹툰의 내용을 두고 뭔가를 진지하게 상의하고 있었다.

미영은 그날 옅은 색 보이프렌드진에 진회색 티셔츠를 받쳐 입고 나타났다. 남성용 사이즈임이 분명한 그 티셔츠의 한복판에는 피 흘리는 하트 모양의 수류탄을 움켜쥔 손이 묘사돼 있었다. 미영이 오빠의 옷이며 신발을 빼돌려 착용하는 이유는 하나였다. 멋져 보여서.

세아가 바로 옆 의자에 몸을 던졌다. 다리를 꼰 채로 물끄러미 하늘을 올려다보는가 싶더니 하연에게 불쑥 말을 걸어왔다.

"여름의 좋은 점이 뭔지 알아?"

"뭔데?"

등나무 이파리를 스쳐 지난 햇살이 하연의 무릎에 와 부딪쳤다. 이 정원에 머무르는 시간이 하연에게는 편안했다.

"얼음을 넣은 음료를 마실 수 있다는 거지." 세아가 엄지와 나머지 네 손가락을 오므려 뭔가를 씹는 시늉을 했다. "얼음 깨 먹는 소리 듣기 좋지 않아? 와그작와그작."

하연이 쿡쿡 웃었다.

"그건 그래."

"게다가 '여름, 소녀'의 노래를 듣기에 여름보다 더 좋은 계절이 어딨겠어?"

"진짜!"

하연이 세아의 말에 호응하며 손뼉을 쳤다. 세아가 호주머니를 뒤적여 휴대폰을 꺼냈다. 유튜브 앱을 실행시킨 다음 음량을 높여 〈스파클!〉을 플레이했다.

하연은 세아를 처음 만난 날을 떠올렸다. 하연의 눈에 저 소녀는 다른 세계에서 갑자기 튀어나온 존재처럼 보였다. 그 순간의 비눗방울이 터지는 것 같던 충격을 되새기며 하연이 물었다.

"…그날 그 노래 〈스파클!〉이었지?"

"맞아. 기억하는구나? 너라면 왠지 알 것 같더라." 세아가 상체를 앞으로 빼고 속닥거렸다. "있지, 가끔 나도 모르게 몸이 움직일 때가 있어."

무심코 그 한마디를 내뱉곤 쑥스러운 듯 얼굴을 붉히면서 세아가 얼른 손사래 쳤다.

"이상하게 들리지? 굳이 설명하자면 그렇다는 소리야."

"하나도 안 이상해." 하연이 상냥하게 대답했다. "감탄이 나올 만큼 멋있었어. 그러니까 안심해도 돼."

"그렇게 말해주면 고맙고." 입술 앞에 주먹을 대고 잠시 말을 고르는가 싶던 세아가 손가락 끝으로 가볍게 하연의 머리카락을 건드렸다. "저번에도 생각한 건데 네 머리 진짜 예쁘다. 햇빛에 비치니까 더 예쁜 것 같아. 정말로."

하연은 기쁜 마음을 들키지 않기 위해 표정을 감추었다. 세아가 꼰 다리를 흔들며 허밍으로 〈스파클!〉을 불렀다. 하연이 따라 흥얼거렸다.

맞은편 담쟁이덩굴이 우거진 담장 앞에서 윤지가 그런 그들을 못마땅한 눈초리로 바라보고 있었다.

현관에서 구두를 신다 말고 엄마가 동작을 멈추었다. 하연이 삐딱하게 선 채로 졸린 눈을 비볐다. 동생은 아직까지 자고 있었다. 어젯밤 세아와 메시지를 주고받느라 하연은 평소보다 늦게 잠들었다. 알람 소리에 신음하며 간신히 눈을 떴을 때 부모님은 이미 출근 준비를 마친 뒤였다.

"요즘 계속 늦는다며?" 운을 뗀 엄마가 훈계하는 듯한 말투로 얘기를 계속했다. "학원 마치면 곧장 집으로 와. 동생이 혼자 있는데 걱정도 안 되니? 네가 누나잖아. 동생 좀 잘 챙겨 줘."

하연은 왈칵 짜증이 치밀었다. 엄마 눈에는 내가 어른으로 보여? 나한테 너무 많은 걸 맡기지 말라고. 하지 못한 말들을 삼키고 그저 가만히 바닥만 쏘아보았다.

현관문 밖에서 아빠의 말소리가 들렸다.

"안 나와? 이러다 늦겠어."

"이제 나가!" 소리친 엄마가 다시 하연을 붙들고 사정했다. "연아, 부탁할게. 응?"

그날 학원 수업은 평소보다 늦게 끝났다. 하연은 조급한 마음에 헐레벌떡 계단을 뛰어 올라갔다. 오늘은 세아의 집에 딱 20분만 머무를 생각이었다. 그러면 동생이 자신을 찾기 전에 아파트로 돌아갈 수 있을 것 같았다.

학원에서 나오며 세아에게 전송한 메시지 옆에는 여전히 1이라는 숫자가 떠 있었다. 하연은 걱정스러웠다. 무슨 일이라도 있는 걸까? 왜 메시지 확인을 안 하는 거지?

세아 역시 하연처럼 곧 발매될 '여름, 소녀'의 새 앨범을 고대하고 있다고 했다. 같이 '여름, 소녀'의 무대를 보러 가자는 약속을 하기도 했다. 둘은 공통점이 많았다. 높은 곳을 무서워하고 보라색을 좋아했으며 거짓말을 하는 데 서툴렀다. 다른 사람에게서 자신의 일부를 발견하는 건 하연에게 난생처음 경험하는 기쁨이었다.

하연이 바쁘게 골목길을 지났다. 푸른색 대문 앞에서 초인종을 눌렀을 때 문을 열고 나온 사람은 세아가 아니었다. 윤지였다. 하연이 쭈뼛거리며 물었다.

"저기, 세아는?"

"잠깐 나갔어. 들어와."

하연이 윤지를 따라 문턱을 넘었다. 윤호와 미영은 천막 아래에 앉아 있었다. 평소 같으면 다가와 인사부터 건넸을 미영이 하연의 눈길을 피했다. 분위기가 묘했다. 하연이 가방을 벗고 의자에 앉았다.

휴대폰을 들고 세아에게 다시 메시지를 보내려는 찰나, 윤지가 그의 앞에 와 섰다.

"있지, 전부터 너한테 하고 싶은 말이 있었어."

"어, 뭔데?"

하연이 전화기를 손에 쥐고 윤지를 올려다보았다.

"너는 우리가 얼마나 긴 시간을 함께 보냈는지 모를 거야. 우리 넷은 평범한 친구 사이가 아니야. 네 입장에서는 상상하기 힘들겠지만."

뜸을 들이던 윤지가 다시 말문을 뗐다.

"나는 네가 세아랑 그렇게 친해질 줄 몰랐어. 걔는 원래 그런 애니까. 누구에게나 친절하니까. 솔직하게 말할게. 나는 너를 인정할 수 없어. 세아가 너를 어떻게 생각하든지 간에, 이 상황을 받아들일 수 없어. 그래도 정 우리랑 계속 어울리고 싶으면 너도 뭔가를 하나 포기하든가."

"포기하라니, 뭘?"

하연이 달아오른 뺨을 느끼며 되물었다.

"내 말은, 성의를 보이라는 거야. 예를 들어, 음, 머리…?"

하연이 앞니로 꽉 입술을 깨물었다. 그 모습을 바라보며 윤지가 쓴웃음을 머금었다.

"왜, 싫어? 그건 그냥 머리카락일 뿐이잖아. 매일매일 자라는."

"윤지야, 나는, 나는 말이야."

하연이 제 마음을 전하려고 애썼다. 너를 괴롭히고 싶지 않아. 네게서 세아를 빼앗고 싶지 않아. 내가 원하는 건 그런 게 아니야.

그런 하연을 용납하지 못하겠다는 듯 윤지가 고래고래 고함을 질렀다. 붉어진 눈가에 눈물이 스며 있었다.

"네가 끼어들기 전까지 세아는 나랑 제일 친한 친구였다고!"

보다 못한 미영이 윤지를 말렸다.

"그만해, 윤지야. 이건 너무한 것 같다."

"너도 그랬잖아, 쟤가 왜 여기 오는지 모르겠다고. 쟤는 이 동네에 살지도 않는데. 우리랑 전혀 다른 앤데."

윤지가 씩씩거리며 미영에게 따졌다. 미영이 움찔했다. 윤호가 관자놀이를 짚은 채로 알아듣지 못할 말을 중얼거렸다.

그때 대문 쪽에서 달칵 하는 소리가 들렸다. 철문이 여닫히고 세아가 돌계단을 밟고 올라왔다.

"어, 와 있었네? 미안, 휴대폰을 두고 가서."

반가운 미소를 짓는가 싶던 세아가 인상을 찡그리며 하연에게 다가왔다.

"무슨 일 있었어? 다들 표정이 왜 그래?"

하연이 세아를 밀치며 달려 나갔다. 전하지 못한 말들이 가슴속에서 끓어올라 힘껏 뛰지 않고는 도저히 견딜 수 없었다.

학원 건물을 빠져나오며 하연이 가방끈을 쥐어뜯었다. 뜨거운 햇살에 눈살이 절로 찌푸려졌다. 한창 더울 시각이었다. 친구들이 덥다, 더워, 중얼거리며 연신 손부채질을 했다. 하연이 땀에 젖은 티셔츠를 들썩였다. 브라탑 안이 벌써부터 눅눅해져 있었다.

오늘 저녁, '여름, 소녀'의 신곡 뮤직비디오가 공개될 예정이었다. 이날을 기다리며 하연은 유튜브에 올라온 티저 영상을 여러 번 반복해 감상했다.

1분이 채 안 되는 짧은 영상 속에서 '여름, 소녀'는 걷고 뛰고 도약했다. 새끼손가락을 치켜든 손으로 선글라스를 매만졌고 휘파람을 불었으며 얼음이 달각거리는 유리잔을 건배라도 하듯 서로 가볍게 부딪쳤다. 영상물 속 가공의 여름은 유쾌하고 산뜻해 보였다.

대화의 소재는 자꾸만 바뀌었다. 어제 학원에서 친 수학 시험에서부터 새로 구입한 틴트의 색, 누구누구의 전 남자 친구, '프라이데이' 멤버들을 둘러싼 가십까지. 주말 동안 시청했다는 드라마의 내용에 대해 한참 동안 떠들어대던 서윤이 입술 앞에 집게손가락을 댄 채로 휙 돌아섰다.

"너네 '여름, 소녀' 새 뮤비 티저 봤어? 신곡 제목이 뭐라더라, 〈체리에이드〉라던가."

"응, 미지는 머리를 왜 그렇게 잘랐대? 안 어울리게."

다정이 맞장구쳤다. 서윤이 위아래로 세차게 머리를 끄덕였다. 서윤의 앞머리에 매달린 헤어롤이 함께 흔들렸다.

"그치? 커트 머리 같은 걸 대체 왜 하는 거지."

하연이 걸음을 멈추었다. 움켜쥔 주먹에서 긴장감이 전해졌다.

"커트 머리가 어때서."

친구들이 한꺼번에 하연을 돌아보았다. 몰라보게 짧아진 머리칼을 헝클어뜨리고 미소 짓던 미지의 모습이 하연의 눈앞을 스쳐 지났다. 그 소녀는 한편으로 세아와 몹시 닮아 있었다.

한번 쏟아내기 시작한 말은 멈출 수 없었다. 하연이 친구들을 응시하며 한 글자 한 글자 또박또박 말했다.

"긴 머리든 짧은 머리든 그런 건 중요하지 않잖아. 우리는 다 다르니까. 모두 똑같은 걸 좋아할 수는 없어. 나는 그렇게 생각해."

"그게, 그런 뜻이 아니라."

서윤이 무안해하며 우물거렸다. 민희가 머뭇머뭇 하연에게 다가갔다.

"있지, 하연아." 민희의 말소리가 이상할 만큼 떨렸다. "내가 잘못했어. 그런 식으로 너한테 떠맡기면 안 되는 거였는데. 나도 내가 왜 그러는지 모르겠어. 가끔씩 내가 진짜 내가 아닌 것 같아. 게다가 그땐 순간적으로 너무 당황해서."

친구들은 민희가 무엇에 대해 언급하는지 곧바로 눈치챘다. 하연 역시 마찬가지였다.

"내내 고민했어. 언제 어떻게 얘길 꺼내야 할지. 미안해, 너한테. 그리고 다른 사람들한테도. 내 사과가 늦었지?"

민희가 훌쩍거렸다. 하연은 시선을 깔고 발끝만 노려볼 뿐이었다. 난감한 표정으로 그들을 번갈아 곁눈질하던 다정이 작심한 듯 양손에 하나씩 둘의 팔을 낚아챘다.

"야, 더운데 여기서 이러고 있지 말고 어디든 들어가자.

아이스크림이라도 먹을까? 어때?"

"나는 민트 초코. 아이스크림은 무조건 민초지."

서윤이 하연의 등을 밀며 대답했다. 하연은 친구들에게 붙들려 주춤거리며 걸었다. 그러다 들릴 듯 말 듯 중얼거렸다.

"나는, 나는."

소녀들이 눈을 동그랗게 뜬 채로 걸음을 늦추었다. 꿀꺽 침을 삼킨 하연이 다시 한번 입술을 달싹였다.

"…블루베리요거트."

"블루베리요거트도 맛있지. 그래도 나는 레몬샤베트가 제일 좋더라."

다정이 와락 웃음을 터뜨렸다. 하연이 움츠리고 있던 등을 폈다. 하얗게 질린 얼굴에 조금씩 핏기가 돌아오고 있었다. 하연은 그제야 제대로 된 첫 숨을 쉴 수 있었다.

높낮이가 제각각인 웃음소리가 더운 바람에 실려 물결처럼 번져갔다.

짙은 갈색 머리카락이 뺨 근처에서 나부꼈다. 하늘에는 구름 한 점 떠 있지 않았다.

하연은 여름이 좋았다. 방학. 아이스바와 아이스크림. 얼음을 잔뜩 넣은 음료수. 캠핑과 축제와 모닥불.

여름은 '여름, 소녀'의 계절이었다. 재미있는 것들을 두 배는 더 재미있게 만들어주었다.

말해야 해 좋아하는 마음을
흘러넘쳐서 숨길 수 없을 때는
외쳐야 해 그리워할 거라고
이 여름을 계속

귀에 꽂은 이어폰에서 노래가 흘러나왔다. '여름, 소녀'의 신곡 〈체리에이드〉였다. 미지의 음성이 청량했다. 얼음 잔에 가득 따른 탄산음료 같았다.

그때 누군가 뒤에서 톡톡 하연의 어깨를 두드렸다. 이어폰을 손에 쥔 하연이 벤치에서 일어났다. 그러나 쉽사리 인사를 건네지 못하고 상대를 가만히 주시하기만 했다.

"나와줬구나, 고마워."

세아가 인사했다. 그런 다음 하연이 뭐라고 대답하기 전에 얼른 먼저 내뱉었다.

"머리 잘랐네?"

"많이는 아니고 살짝." 하연이 어깨에 닿는 머리카락을 만지작거렸다. "계속 긴 머리였으니까. 덥기도 하고. 한번쯤은 조금 다듬어보고 싶었어."

"있지, 윤지도 미안해하고 있어. 걔가 너무 심한 말을 했지."

"뭐, 이해해, 어느 정도는."

하연이 머리칼을 넘기며 보드화 밑창을 보도블록에 문질렀다. 그런 하연을 바라보면서 세아가 다시 조심스럽게 입을 열었다.

"혹시… 윤지 때문이야?"

"아니, 절대. 그럴 리 없잖아."

하연이 미소 띤 낯으로 도리질했다. 그건 포기하는 것과는 전혀 달랐다. 게다가 각오했던 것보다 훨씬 쉬운 결정이었다. 예전부터 꼭 한번 시도해보고 싶었던 변화였다. 머리카락을 한 뼘 잘라내는 것만으로는 자신이 어떤 해도 입지 않는다는 것을 확신할 수 있다면.

나는 누군가의 호감을 사기 위해 존재하는 게 아니니까. 나다운 것을 찾아가는 것이니까. 실수에 실수를 거듭하면서, 조금씩 조금씩. 하연은 앞으로 더 많이, 더 놀랍게 바뀔 것이었다.

허리에 손을 얹은 하연이 민망한 듯 옆으로 살짝 고개를 기울였다.

"궁금했어, 다른 모습의 내가. 어때? 생각보다 잘 어울리지 않아?"

"응, 정말."

세아가 소리 죽여 쿡쿡거렸다. 하연은 비로소 스스로를 조금 좋아할 수 있을 것 같았다. 계속 누나로 지내야 한다고 해도. 수학 문제집을 풀고 지루하기 짝이 없는 책을 읽어야 한다고 해도. 이 여름이 곧 끝나버린다고 해도. 때로는 자기 자신인 것만으로도 괜찮으니까.

하연은 며칠 전 드디어 첫 생리를 시작했다고 세아에게 고백하고 싶었다. 윤지와 다시 이야기를 나눠보고 싶다고, 나는 너희들 사이를 망치고 싶은 마음이 전혀 없다고, 그저 그 공간이, 너희들과 함께 보내는 시간이 좋았을 뿐이라고.

그러는 대신 하연은 벤치에 털썩 엉덩이를 던지며 이렇게 물었다.

"〈체리에이드〉 들어봤어?"

"당연하지. 완전 뮤비 멋지더라."

세아가 옆에 앉았다.

"같이 들을래?"

하연이 세아에게 이어폰 한쪽을 건넸다.

"왜 안 되겠어?"

세아가 활짝 웃으며 이를 받아 들었다. 하연은 이 순간만큼은 자신의 이어폰이 무선이 아니라서 다행이라고 생각했다. 그 선의 길이만큼 친구와 붙어 앉을 수 있으니까.

왼 귀에 이어폰을 꽂은 세아가 굽히고 있던 다리를 쭉 펴며 중얼거렸다.

"내년에는 우리 다 같은 반이었으면 좋겠다."

"쉿, 조용. 시작한다고."

하연이 속삭였다. 소녀들의 목소리가 하연의 몸속 가득 차올랐다.

꿈속을
달리다

정명섭

서기 2036년 서울

창욱이는 아이들이 공을 차고 있는 운동장 구석의 벤치에 앉아 있었다. 주변에 누가 있는지 살펴본 창욱이는 조심스럽게 신발을 벗었다. 그리고 양말까지 벗어서 신발 위에 올려놨다. 양말 속에 감춰졌던 발을 물끄러미 바라보는데 멀리서 친구 경섭이의 목소리가 들렸다.

"창욱아! 거기서 뭐 해?"

화들짝 놀란 창욱이는 서둘러 양말을 신고 신발까지 신은 다음에 딴청을 피웠다.

"잠깐 햇볕 쬐고 있었어."

가까이 다가온 경섭이는 피식 웃었다.

"야, 구름이 잔뜩 껴서 비가 올 거 같은데 무슨 놈의 햇빛이야."

그제야 고개를 드니 짙은 회색 구름이 하늘을 뒤덮고 있었다. 아차 싶었던 창욱이는 되지도 않는 변명을 했다.

　"방금 전까지는 보였어."

　"야, 새로 오픈한 피시방 갈래? 이 스포츠 선수들이 와서 경기도 하고, 사은품도 준대."

　"아니, 괜찮아."

　"한 명 더 데려오면 원 플러스 원이라고."

　"딴 애 데려가. 그나저나 내년에 고3인데 공부 안 하냐?"

　창욱이의 말에 경섭이가 얼굴을 찡그렸다.

　"재수 없게 공부 얘기는 왜 해? 놀 때는 놀아야지."

　"맨날 놀면서, 어쩌다 한 번 노는 척을 하네."

　피식 웃는 창욱이의 얘기를 들은 경섭이가 다시 애원했다.

　"그러지 말고 같이 가자."

　"됐어. 나 말고도 갈 애들이 많을 것 같은데?"

　창욱이의 대답에 경섭이가 얼굴을 살짝 찡그리면서 입술을 들썩거렸다. 무슨 말을 하고 싶어 하는지 짐작한 창욱이가 선수를 쳤다.

　"다리 다친 거라 머리랑 상관없어. 걷는 데도 지장 없는 거 알잖아."

창욱이의 대답을 들은 경섭이는 더욱 난감한 표정을 지었다.

"그런 뜻은 아니었어. 암튼, 생각 바뀌면 톡 해라."

"재미있게 놀아."

가볍게 손을 흔들어준 창욱이는 경섭이가 교문을 나가는 걸 본 다음에 다시 신발과 양말을 벗었다. 그러고는 발을 신발 위에 올려놨다. 햇빛을 받을 일이 없어서 하얀 발과 털이 숭숭 난 발목이 보였다. 오른쪽 발가락을 까닥거려 보고, 왼쪽 발을 들어봤다. 핏줄이 도드라진 왼쪽 발을 이리저리 뒤틀어 보던 창욱이는 작은 한숨과 함께 중얼거렸다.

"졸라 못생겼네."

그러고는 도로 양말과 신발을 신은 뒤 벤치에서 몸을 일으키며 조심스럽게 발을 뗐다. 어색하지만 어색하지 않은 발걸음이었다.

'확실히 달라.'

예전에는 깡충거리며 뛰는 느낌이었다면 지금은 묵직하게 발을 내디디는 느낌이었다. 처음에는 무시하려고 했지만 시간이 지날수록 달랐다. 제자리에서 몇 번 뛰던 창욱이는 자신의 수술과 이후 상담을 해주는 주 박사의 얘기를 떠올리며 중얼거렸다.

"아무 생각 하지 말라고 했는데."

하지만 너무나 다른 느낌에 생각하지 않을 수 없었다. 벤치 주변을 빙빙 돌면서 계속 걷던 창욱이는 결국 짜증을 냈다.

'이런다고 답이 나오지는 않잖아.'

벤치에 내팽개친 가방을 한쪽 어깨에 걸친 창욱이는 교문 쪽으로 걸어갔다. 아이들을 태운 부모들의 전기 차들이 하나둘씩 교문 앞을 빠져나가는 중이었다. 학원에서 보낸 무인 전기 셔틀버스에 타는 학생들도 보였다. 얼마 전까지 창욱이도 그들과 비슷한 신세였지만 사고 이후 당분간 학원을 다니지 않기로 한 상태라서 구경꾼으로 남을 수 있었다.

머리 위로는 택배용 무인 드론들이 윙윙거리는 소리를 내며 학교로 진입했다. 수업 시간 중에는 배송이 금지되기 때문에 방과 후에 한꺼번에 몰려온 것이다. 구경을 하며 시간을 끄는 사이에 학교 주변의 차들이 모두 사라졌다. 그날 이후, 차에 대한 트라우마가 가시지 않은 창욱이는 천천히 교문을 나섰다. 많이 걸어야 적응이 된다는 주 박사의 조언을 듣고 집까지 계속 걸어 다니는 중이었다. 터덜터덜 걸어가는데 뒤에서 부르는 소리가 들렸다. 걸음을 멈추고 돌아보자 몇몇 아이들이 공을 향해 달려오는 게 보였다.

"야! 공!"

축구를 하다가 공이 내리막길인 교문 쪽으로 흘러온 것이다. 교문 밖은 바로 횡단보도가 있는 차도여서 사고가 날 수 있었다. 몸을 돌린 창욱이는 통통거리며 굴러오는 공을 보고 있다가 발로 힘껏 찼다. 별로 힘을 주지 않았는데도 공은 하늘 높이 치솟아서 운동장 반대편으로 날아갔다.

"우와!"

쫓아오던 아이들이 고개를 들어 날아가는 공의 궤적을 좇았다. 공이 떨어지는 걸 확인한 아이들이 다시 그쪽으로 뛰어갔다. 살짝 머쓱해진 창욱이가 자신의 발을 내려다봤다.

'이상해.'

운동에는 영 소질이 없던 터라 이전이라면 헛발질을 하거나 제대로 찼더라도 멀리 나가지 못했을 터였다. 그런데 그날 이후에는 마치 축구 선수라도 된 것처럼 공을 잘 찼다. 까마득하게 날아갔다가 떨어지는 공을 본 창욱이는 자신의 발이 낯설기만 했다. 짧은 한숨과 함께 돌아선 뒤 창욱이는 횡단보도를 건너 집으로 향했다. 걷기 시작했을 때처럼 낯선 느낌은 아니었지만 여전히 발걸음이 낯설었다. 그래서 걷다가 멈춰서 다시 발을 내려다봤다.

'낯설어.'

결국 걷기를 포기한 창욱이는 지나가는 무인 자율 주행 택시를 탔다. 택시라기보다는 일정한 코스를 도는 방식이었지만 집 근처에서 내려주기 때문에 상관없었다. 운전자가 없어서 여섯 명이 탈 수 있는 그 차에는 마침 혼자였다. 자리를 잡은 창욱이는 주저하다가 손목에 차고 있던 플렉시블 휴대폰의 디지털 화면을 터치했다. 그러자 주치의인 주 박사의 목소리가 들렸다.

"안녕, 창욱아. 잘 지내고 있니?"

"네, 학교 갔다가 집에 가는 길이에요."

"발은 좀 어때?"

"괜찮긴 한데…."

창욱이가 말끝을 흐리자 주 박사가 바로 물었다.

"느낌이 좀 이상하니?"

"디딜 때 느낌이 많이 달라요. 뭐라고 설명하기는 애매하지만요."

"수술은 완벽했다. 그리고 후유증도 없었고 말이야."

병원에 있을 때 무수히 많이 들은 얘기였다. 그리고 실제

———— 꿈속을 달리다

로 걷는 것 자체는 아무 문제가 없었다. 하지만 창욱이는 계속되는 찝찝함을 견디지 못했다. 창욱이가 아무 대답이 없자 주 박사가 한숨을 쉬면서 말했다.

"주말에 병원에 있으니까 정 껄끄러우면 찾아오너라. 체크를 한번 해보자꾸나."

"아, 아닙니다. 그 정도는 아니에요. 바쁘신데 죄송합니다."

"그래, 언제든 연락해라."

통화를 끝낸 창욱이는 가방을 끌어안은 채 등받이에 몸을 기댔다. 그러곤 물끄러미 창밖을 바라보다 자기도 모르게 그때를 떠올렸다. 사고 몇 초 전에도 그런 비극이 생길지 몰랐다.

"그날도 다른 때랑 똑같았지."

무심코 중얼거리며 바라보던 창밖의 풍경이 1년 전의 그날로 돌아갔다. 무인 자율 주행 택시에서 내린 창욱이는 들뜬 마음에 주변을 돌아보지 못했다. 지긋지긋한 시험이 끝났고, 친구들이랑 놀 일만 남았기 때문이었다. 그래서 무인 자율 주행 택시가 지정된 정류장이 아니라 도로에 서 있는 것을 눈치채지 못했다. 그 장소에 선 것은 정류장에 다른 자동차가 멈춰 있었기 때문이다. 마침 세워진 곳이 횡단보도 근처였고, 신호가 파란색으로 바뀌어 사람들이 건너가던 중이었기 때문에 창욱이는 가방을 둘러메고 곧장 뛰었다. 신호가 바뀌기 전에 건너가겠다고 생각한 것이다.

그러다가….

창욱이는 눈물을 주르륵 흘렸다. 이미 사람들이 모두 건너뒤라 횡단보도에는 사람이 없었지만 신호가 바뀌기 전이었고, 차들이 모두 멈춰 있었기 때문에 사고가 일어날 거라고는 생각도 못 했다. 그런데 갑자기 은색 차 한 대가 불쑥 튀어나왔다. 자신을 향해 달려오는 걸 보고도 설마 했던 창욱이는 차와 충돌하고 말았다. 뒤에서 힘센 누군가가 확 떠밀어버리는 것처럼 앞으로 팅겨나간 창욱이는 균형을 잃고 앞으로 굴렀다. 까칠하고 뜨거운 도로에 구르면서 팔꿈치가 까진 창욱이는 짜증을 내며 일어나려고 했다. 그런데 창욱이를 쳤던 자동차가 다시 움직였다. 놀란 창욱이가 비명을 지르며 옆으로 몸을 날렸지만 한발 늦고 말았다. 더 이상 참지 못하고 창욱이는 눈을 감으며 외쳤다.

"그만!"

그러자 무인 자율 주행 택시의 인공 지능이 멈춰달라는 말인 줄 알고 그대로 정지했다. 다시 출발할지 그냥 떠날지 묻는 인공 지능의 건조한 목소리에 창욱이는 문을 열고 밖으로 나왔다. 문을 닫자 무인 자율 주행 택시는 곧 다시 출발했다. 다리에 힘이 빠진 창욱이는 그대로 도로의 경계석에 주저앉았다. 지나가던 아저씨와 아줌마 들이 걱정스러운 표정으로 바라보며 스쳐 지나갔다. 그때에도 다친 자신을 향해 제일 먼저 달려온 건 아저씨와 아줌마 들이었다. 흐느껴 울던 창욱이는 눈물을 훔치고 일어났다. 어차피 지난 일이니 이제는 잊고 새로운 삶을 살아가는 게 중요했기 때문이다.

가방을 메고 천천히 걸으면서 주변을 살펴봤다. 무인 드론들이 전선이 사라진 머리 위를 붕붕거리며 날아갔다. 도시 지역 상당수의 택배와 음식 배달은 무인 드론들이 맡았다. 도로에서 운행하는 차들 역시 상당수는 무인 자율 주행 버스와 택시 들이었다. 인간들이 운전할 때보다 사고는 많이 줄었고, 교통 체증도 상당 부분 해결되었다. 하지만 창욱이가 당한 어처구니없는 사고는 무인 자율 주행 차량의 시스템 오류 때문이었다. 사고 직후, 관련 업계에서는 우주에서 떨어진 유성에 맞을 확률보다 낮은 일이라며 진화에 나섰다. 하지만 창욱이에게는 별로 위로가 되지 못했다. 한동안 학교에서 억세게 운나쁜 아이로 찍혀버렸기 때문이다. 친구인 경섭이가 놀림받는 영상들을 찍어서 유튜브에 올렸다. 그러자 창욱이를 놀리

는 아이들에 대한 악플과 비난이 어마어마하게 쏟아졌다. 그
이후, 더 이상 놀리는 아이는 나타나지 않았다. 하지만 대부
분의 아이들은 먼발치에서 말없이 조롱의 눈으로 지켜봤다.
경섭이 정도만 사고 이전과 이후 변함없이 자리를 지킬 뿐이
었다. 거리를 두는 아이들을 보면서 화를 낼 수도 없고, 짜증
을 낼 수도 없는 상황이 이어졌다. 그러다 보니까 다리에 더
욱더 신경이 쓰였다. 초반에는 어떻게든 걸을 수 있기만 하면
다행이라고 생각했는데, 막상 문제는 걷고 난 이후에 생겼다.
이런저런 생각을 하던 창욱이는 갑자기 걸음을 멈췄다.

'어? 내가 어디로 걸어가고 있는 거지?'

마치 순간 이동을 한 것처럼 낯선 장소에 와 있었다. 주변
을 돌아보던 창욱이의 귀에 시끄러운 호루라기 소리가 들렸
다. 고개를 드니 하얀색 철망이 있고, 그 너머에 트랙 같은 게
보였다.

'여긴 어디지?'

한 번도 와본 적이 없는 곳이었다. 주변을 돌아보니 공원
이었다. 공원 한가운데가 트랙이 있는 육상 경기장이었던 것
이다. 주황색 경주 트랙 위에는 하얀 경기복을 입은 선수들이
달리는 중이었다. 처음에는 나란히 달렸지만 첫 번째 장애물

을 넘으면서 간격이 벌어졌다. 특히 제일 바깥쪽으로 달리던 선수는 발이 뒤엉켜서 비틀거리는 바람에 많이 뒤처졌다. 하지만 가까스로 균형을 잡은 그 선수는 포기하지 않고 뛰었다. 트랙 주변에 앉아서 구경하거나 몸을 풀던 사람들이 힘내라는 응원을 보냈고, 철조망을 움켜쥔 창욱이도 뛰라고 외쳤다. 응원 때문인지 힘을 낸 그 선수는 열심히 달려서 앞 선수를 따라잡았다. 비록 꼴찌로 들어가긴 했지만 처음보다는 거리를 많이 좁힌 상태였다. 단거리 달리기를 끝낸 선수들은 트랙 주변에 쓰러져서 숨을 헐떡거렸다. 창욱이는 고작 100미터 정도만 달리고는 마라톤을 뛴 것처럼 군다고 속으로 생각했다. 그런 창욱이의 생각을 읽었는지 꼴찌로 들어왔던 선수가 벌떡 일어나 다가왔다. 찔린 창욱이가 뒷걸음질을 쳤다. 하지만 웬일인지 발이 움직이지 않았다.

'이, 이거 왜 이래?'

그사이 꼴찌를 했던 선수가 앞에 섰다. 멀리서 뒷모습으로 봤을 때는 남자인 줄 알았는데 가까이서 보니까 짧은 머리를 한 또래의 여자아이였다. 그 여자아이가 한 손을 철조망에 댄 채 물었다.

"너, 누구야?"

"어, 화, 황창욱이라고 해. 근처 고등학교 다니고 있어. 저기, 저쪽."

갑작스러운 질문에 당황하면서 대답하자 여자아이는 의심스러운 눈으로 쳐다봤다.

"달리기하고 싶어서 온 거야?"

"뭐라고?"

창욱이의 반문에 여자아이는 고개를 돌려서 트랙을 바라봤다.

"뛰고 싶어서 온 거냐고. 그럼 코치님 소개해줄게."

"아, 아니야. 나 달리기 못해."

원래 달리기를 못하긴 했지만 수술 이후에 주 박사가 절대로 뛰어서는 안 된다고 신신당부했다. 가뜩이나 자기가 생각지도 못한 곳에 와서 당황한 상태였는데 뜻밖의 질문까지 받자 창욱이는 어찌할 바를 몰랐다. 창욱이의 시원찮은 대답이 의심스러웠는지 상대방은 더욱 거세게 몰아붙였다.

"너, 여기 왜 온 거야?"

"그냥 왔다니까, 왜 자꾸 물어보는데?"

목소리가 높이지자 선수의 친구들이 몰려왔다. 창욱이는 떨어지지 않는 발을 겨우 돌려 철조망에서 멀어졌다. 도망치

_____ 꿈속을 달리다

고 싶었지만 웬일인지 발걸음이 잘 떨어지지 않았다.

집으로 돌아온 창욱이는 홍채 인식으로 문을 열고 들어섰다. 넓은 집 안은 썰렁했다. 사고가 나서 병원에 입원한 동안 옆을 지켜준 부모님은 다시 일을 하면서 집을 비울 때가 많았다. 센서로 감지했는지 부엌에 있던 가정용 로봇이 나와서 다정한 목소리로 말했다.

"식사 준비되었습니다."

"이따가 먹을게."

"시간을 어기지 말라는 어머니 말씀이 있으셨어요."

"이따가 나온다고."

짜증 나는 말투로 대꾸한 창욱이는 방으로 들어갔다. 창가 쪽의 넓은 침대에 가방을 던져놓고 의자에 앉은 창욱이는 두 손으로 얼굴을 감쌌다. 잊고 싶었는데 그날의 기억이 자꾸만 떠올랐기 때문이다. 도로에 쓰러졌던 창욱이는 멈췄던 무인 자율 주행 택시가 달려오자 놀라서 옆으로 몸을 피했다. 하지만 두 다리가 그대로 차바퀴에 깔리고 말았다. 차가 털컹거리며 두 다리 위를 지나갔을 때는 아무런 느낌이 없었다. 하지만 잠시 뒤, 무시무시한 통증이 밀려오면서 거의 기절할

뻔했다.

'차라리 기절했으면 더 좋았겠지.'

주변에 몰려든 사람들이 지르는 비명 소리와 아우성, 휴대폰으로 사진을 찍는 소리에 119를 부르라는 소리까지 겹치면서 귀가 터질 것 같았다. 차가 정확하게 무릎을 밟고 지나가면서 그 아래는 피범벅이 되어버렸다. 무릎도 눌려서 평소와는 모양이 달라졌다. 피가 미친 듯이 흘러나와서 도로를 적시자 주변에 있던 사람들이 슬금슬금 물러났다. 영원할 것 같던 고통의 시간은 119 구급차가 도착하면서 막을 내리는 듯했다. 그때, 바퀴가 달린 들것을 본 창욱이는 가까이 오지 말라고 비명을 질렀다. 자신의 두 다리를 밟고 지나간 무인 자율 주행 택시 같았기 때문이다. 하지만 구급 대원들은 창욱이의 말을 무시하고 바로 옆까지 들것을 끌고 온 다음에 응급 처치를 했다. 그러곤 피가 너무 많이 난다며 서둘러 병원으로 이송하기 위해 들것에 창욱이의 몸을 올렸다. 창욱이는 그때 알았다. 차에 밟힌 두 다리가 절단되어버렸다는 사실을 말이다. 쩍 하고 떨어져 나간 다리를 구급 대원이 집어 드는 걸 보고도 기절하지 않았던 게 신기했다. 구급차에 실린 다음에는 마스크를 쓰고 곧바로 잠이 들었다. 마취 가스를 흡입한 것인데 그사이에 병원에 도착해서 수술까지 마쳤다. 그 수술을 했던 것이 바로 주 박사였다. 넙치 같은 얼굴에 제멋대로 헝클어진 머리를 하고 있어서 가운을 걸치지 않으면 의사처럼 보이지도 않았다. 하지만 절단과 봉합 부분에서는 국내 최고의 권위자였다. 그런 주 박사도 뭉개진 창욱이의 두 다리를 봉합하지는 못했다. 대신에 당시로서는 최신 기술인 인공 피부와 티타늄 뼈로 구성된 다리를 붙여줬다. 아르테미스라는 회사에서 만든 생체 인식 인공 지능이 부착된 것으로 두뇌에서 내린 명령, 그러니까 어느 쪽으로 가야 하고, 언제 멈출지가 인식되는 다리였다. 사고를 낸 자동차 회사와 인공 지능 회사에서 받은 막대한 보상금으로 치료비를 충당할 수 있었다. 창욱이는 주 박사에게 이런저런 설명을 들었지만 제대로 이해하지 못했다. 그냥 티타늄 뼈와 인공 배양된 피부로 된 다리를 이식 받는다는 설명을 처음 듣고는 엉뚱한 질문을 했다.

"의족인가요?"

주 박사는 포기하지 않고 다시 설명했다.

"새로운 다리란다. 완벽한."

부모님은 아들에게 인공 신체 다리를 붙이는 것에 반대했지만 만약 실패하면 다시 떼어내고 의족을 사용하면 된다는 주 박사의 얘기에 설득되었다. 그렇게 해서 창욱이는 대한민국에서 제1호 인공 신체 다리를 가지게 되었다. 그 과정이 TV를 비롯한 언론에 공개되면서 창욱이는 웬만한 연예인보다 더 많이 알려졌다. 심지어 광고 제안까지 들어오기도 했다. 수술이 끝나고 병원에서 몇 달을 지내면서 그런 유명세는 사그라들었지만 트라우마가 깊게 남았다. 특히, 수술 뒤에 알게 된 한 가지 사실이 창욱이를 더욱 불안하게 만들었다.

"다리에 부착된 인공 지능이 사람 거라고요?"

창욱이의 질문에 주 박사는 고개를 저었다.

"사람의 기억이지. 사실, 두 다리로 걷는 건 굉장히 어려운 일이란다. 균형을 잡기가 쉽지 않거든. 사람도 어릴 때 걸음마를 떼는 게 쉽지 않잖아."

"그래서 사람의 기억을 심은 건가요?"

"심었다기보다는 그걸 토대로 걸을 때의 안정성을 추구한 거지."

그 얘기를 들은 다음부터 다리가 낯설어졌다. 피부색도 살짝 다르고 어색하긴 했지만 처음에는 외형상으로 큰 차이가 없었다. 하지만 다리에 누군가의 기억이 심어져 있다는 것을 알게 된 이후에는 더욱더 낯설어졌다. 그래서 의족으로 바꿀까도 생각해봤지만 그걸 차고 돌아다닐 자신이 없었다. 양말을 벗은 창욱이는 다리를 물끄러미 내려다봤다. 그러다가 갑자기 찌르는 것 같은 통증을 느꼈다.

"아얏!"

침대를 뒹굴면서 고통을 이겨내려고 했다. 수차례 뒹굴자 통증이 차츰 사라졌다. 그동안 저리는 느낌은 몇 번 받았지만 이렇게 아픈 건 처음이었다. 창욱이는 다리를 내려다보면서 가쁜 숨을 내쉬었다.

"너 왜 이래?"

확실히 최근에 느낌이 달라졌다. 그러다가 통증까지 찾아온 것이다. 덜컥 겁이 난 창욱이는 부모님에게 전화를 하려다가 멈칫했다. 창욱이의 사고로 너무 힘들어하는 부모님이 생각났기 때문이다. 부모님은 창욱이가 인공 다리를 부착하는 문제로 스트레스도 많이 받았다. 그런데 그들을 더 힘들게 할 수 있는 얘기를 한다는 게 무서웠다. 결국 참기로 한 창욱이는 침대에서 조심스럽게 일어났다. 다행히 전기가 오르는 것같이 살짝 찌릿한 느낌이 든 것 외에는 별다른 통증이 없었다.

'다행이네.'

조심스럽게 방문을 열고 거실로 나간 창욱이는 식탁으로

향했다. 다행히 어머니가 그가 좋아하는 카레를 해놓고 나간 모양이었다. 가정용 로봇이 전자레인지로 데운 카레에 김이 모락모락 피어올랐다. 복잡한 마음을 잠시 덜어버린 창욱이는 숟가락을 들었다. 가정용 로봇이 냉장고에서 꺼낸 반찬을 앞에 가져다주었다.

어머니와 아버지는 밤늦게 돌아왔다. 형식적으로 인사를 하고 창욱이에게 학교생활에 대해서 짧게 물은 다음에 바로 방으로 들어갔다. 다음 날도 일찍 출근해야 했는지 가정용 로봇에게 이것저것 지시를 입력하는 게 보였다. 내일 학교에 갈 때 입을 옷이 관리기에 들어가고, 신발도 미리 가지런하게 놓였다. 창욱이는 잘 자라는 부모님의 말을 뒤로하고 컴퓨터 앞에 앉았다. 그러곤 자기처럼 인공 신체를 가지게 된 사람들에 대해서 검색했다. 창욱이를 시작으로 사고나 질병으로 인해 인공 신체로 교체하는 경우가 늘어났다. 제작사나 의료계에서는 부작용이 전혀 없다고 선전했다. 하지만 인터넷에서는 인공 신체로 인한 각종 부작용에 대한 경험담들이 올라왔다. 한쪽 팔을 인공 신체로 교체한 노동자는 다 좋은데 가끔 제멋대로 움직이고 통증이 있다고 유튜브에 남겨놨다. 인공 신체로 딸의 다리를 교체한 어머니 역시 비슷한 내용을 인터넷 언론사와의 인터뷰로 남겼다. 댓글들의 반응은 몹시 안 좋았다. 인공 신체의 제작비 중 상당수가 정부 지원이었기 때문이다. 심지어는 병신이 될 처지에서 구해줬더니 더 심한 걸 요구한다며, 차라리 인공 신체를 빼라는 내용도 있었다. 그 밖에도 만족을 모른다면서 자기 가족도 비슷한 처지라 신청을 했는데 아직 연락이 없다고, 배부른 소리 하지 말라는 댓글도 보였다. 관련 내용을 살펴보다가 오히려 기분이 더 나빠진 창욱이는 축 늘어지고 말았다.

'조금만 더 보고 자자.'

마우스로 스크롤을 쭉 내리는데 이상한 유튜브 계정이 보였다. '공포 탐정'이라는 제목의 계정이었는데 '필독! 인공 신체 교체자들은 반드시 보세요'라는 타이틀이 붙어 있었다.

'뭐야? 어그로를 끄는 거야?'

미심쩍긴 했지만 일단 계정을 클릭했다. 그러자 어두컴컴한 화면이 나타나면서 음산한 웃음소리가 들렸다. 어릴 때 많이 봤던 이상한 사진이나 영상이 나오는 건 줄 알고 황급히 끄려고 했는데 목소리가 들렸다.

끄지 마십시오. 당신이 만약 인공 신체를 가지고 있다면 반드시 알아야 할 내용이 있으니까요.

창욱이는 마우스에서 손을 뗐다. 잠시 뒤 화면이 바뀌면서 인공 신체를 제작하는 공정이 보였다. 동시에 차분하게 가라앉은 목소리가 들렸다.

최근 인공 신체가 실용화되고 있습니다. 사고나 질병으로 팔이나 다리를 잃은 사람을 대상으로 하고 있죠. 지금은 팔과 다리 정도지만 나중에는 눈이나 귀, 그리고 내장 조직들도 대체될 수 있다고 합니다. 어쩌면 기술은 이미 완료되어 있을지도 모르죠. 물론 이전에도 인공 관절 같은 것들은 존재했습니다. 그럼에도 불구하고 이번 인공 신체가 큰 기대를 받고 별문제 없이 실용화된 것은 바로 이것 때문입니다.

화면이 다시 바뀌면서 사람의 머리와 함께 '기억'이라는 단어가 나타났다.
"이게 무슨 뜻이지?"
저도 모르게 중얼거리며 창욱이는 계속 화면을 바라봤다.

———— 꿈속을 달리다

기억이라는 단어는 메모리라는 영어 단어로 바뀐 다음에 점점 흐려졌다.

아르테미스사에서 만든 인공 신체는 기존의 인공 신체와 다른 점이 있습니다. 바로 다른 사람의 기억을 이식한다는 점인데요. 사람의 기억을 양자 컴퓨터를 이용해서 인공 지능처럼 만든 겁니다. 그걸 인공 신체의 티타늄 뼈대 안에 심습니다. 그리고 그걸 착용한 사람의 의식과 연결해서 신체를 움직이게 됩니다. 컴퓨터로 계산된 것이 아니라 실제 인간의 기억이기 때문에 별다른 부작용 없이 바로 사용할 수 있게 된 거죠.

유튜버의 설명을 들으면서 창욱이는 자신의 발을 내려다봤다. 주 박사도 티타늄 뼈의 움직임을 도와주는 인공 지능이 있어서 걷는 데 아무 문제 없을 것이라고 호언장담했다. 실제로 가끔씩 느껴지는 이상한 느낌이나 통증을 제외하고는 아무런 문제가 없었다. 시험 삼아 의족도 끼워봤지만 너무 무겁고 낯선 느낌이 들었다. 그래서 인공 신체를 선택한 것이다. 그때를 떠올리며 보고 있는데 화면이 다시 바뀌면서 가면을 쓴 남자가 모습을 드러냈다.

그런데 여기서 문제가 발생합니다. 제조사인 아르테미스와 그와 협력한 연구자, 의사 들은 인공 신체에 들어간 인공 지능의 원본이 누구인지 밝히지 않는 거죠. 지금, 당신의 팔과 다리에 결합된 바로 그 인공 신체의 본래 주인 말입니다.

생각지도 못한 문제가 제기되자 창욱이의 신경이 곤두섰다. 가면을 쓴 '공포 탐정'의 말이 이어졌다.

제가 수집한 정보에 의하면 그 인공 지능의 원본 상당수는 사회에서 격리된 흉악범들의 것이라고 합니다. 믿기지 않으신다고요? 하지만 지금까지 아르테미스와 연구자들은 인공 지능의 원본이 누구인지 단 한 번도 밝히지 않았습니다. 의사로서의 윤리요? 누가 구체적으로 밝히라고 했습니까? 그냥 범죄 경력이 없는 30대 남성이나 40대 여성 정도로만 밝혀도 충분합니다. 하지만 개인 정보 보호와 의사로서의 윤리를 내세워서 전혀 공개하지 않고 있습니다. 만약 여러분의 팔에 끼워진 인공 신체의 인공 지능이 살인자의 것이라면 어쩔 겁니까? 살인자의 기억을 가지고 있는 팔이 칼을 잡고 휘두른다면 당신은 그걸 제어할 능력이 있습니까? 만에 하나 그런 일이 벌어지면 법정에서 내 팔이 말을 안 들었다고 하실 겁니까? 아니면 제조사인 아르테미스에게 책임을 물으실 겁니까? 안타깝게도 아르테미스는 당신을 지켜주지 못할 겁니다. 왜냐고요?

화면이 바뀌면서 작은 글씨 같은 것들이 떴다. 가늘게 눈을 뜨고 지켜보던 창욱이는 그것이 아르테미스사 제품에 적힌 상품 설명서라는 것을 알아차렸다. 그중 한 구절이 도드라졌다.

이 구절이 보이십니까? 제조사는 해당 제품에 대한 어떠한 법적, 윤리적인 책임도 지지 않는다고 나옵니다. 그러니까 아르테미스사의 인공 신체가 알아서 칼을 휘둘러서 누군가를 죽이거나 다치게 해도 아무 책임이 없다는 뜻입니다. 몰랐다고요? 이건 29페이지짜리 약관 중에 28페이지에 있는 겁니다. 제일 앞이나 뒤가 아니라요. 읽다가 지쳐서 그냥 넘어가라는 뜻이죠. 제가 앞에서 아르테미스사가 누구의 인공 지능을 쓰는지 밝히지 않고 있다고 한 거 기억나시죠? 약관에 이렇게 자기 제품에 대해서 책임지지 않겠다고 적어놓은 걸 보면, 뭔가 감추고 싶은 게 있고, 책임지고 싶지 않은 부분이 있다는 합리적 의심이

가능합니다. 여러분 생각은 어떠신가요? 만약 휴대폰이나 신발 같은 거라면 다른 제품을 사면 됩니다. 하지만 인공 신체는 대체 불가능한 물품이자 몸의 일부입니다. 이 영상을 보고 계시는 분 중에 인공 신체를 사용 중인 분이 있다면 지금 즉시 아르테미스사나 주치의에게 연락해서 인공 지능의 주인이 누구인지 물어보십시오. 그럼 비밀이라면서 알려주지 않을 겁니다. 한 걸음 더 나아가볼까요? 예전 중국에서 만든 휴대폰에 백도어가 숨겨져 있었습니다.

그다음 얘기는 귀에 잘 들어오지 않았다. 만약 다른 때였다면 유튜버의 얘기에 관심을 가지지 않았을 것이다. 하지만 오늘 낮에 다리 때문에 이상한 일을 겪으면서 의문을 품을 수밖에 없었다. 의자를 뒤로 뺀 창욱이는 책상 아래 있는 다리를 내려다봤다. 그사이, 이것저것 떠들던 '공포 탐정'의 마무리 멘트가 귀에 들어왔다.

과학의 발달이 우리를 구원해줄 것으로 믿었습니다. 하지만 과학은 과학일 뿐이죠. 과학이 발달된 지금이 예전보다 살기 좋아졌다고 생각하는 사람이 많을까요? 아니면, 더 복잡해졌다

꿈속을 달리다

고 어려워하는 사람이 많을까요? 물론 전자가 압도적일 겁니다. 그래서 사람들은 그걸 과학의 혜택이라고 부를 겁니다. 하지만 저는 다르게 부를 생각입니다. 바로 과학의 공포죠. 인공 신체를 달거나 달 예정인 분들은 진짜 심각하게 고민해주시길 바랍니다. 내 몸이 내 마음대로 움직일 수 없다면 그거야말로 진정한 공포 아니겠습니까?

'공포 탐정'의 영상은 그걸로 끝났다. 하지만 창욱이는 한동안 꼼짝도 할 수 없었다. 물론, 대부분의 사람들은 코웃음을 칠 만한 내용이었다. 아무리 인공 신체라지만 내 마음대로 움직일 수 없다는 건 상상할 수도 없는 일이기 때문이다. 하지만 낮에 두 발이 제멋대로 간 것과 알 수 없는 통증 같은 것들을 연달아 느꼈던 창욱이로서는 그냥 넘길 만한 일이 아니었다. 창욱이는 다른 영상들을 찾기 시작했다. '공포 탐정'과 비슷한 내용을 주장하는 유튜버가 몇 명 있었다. 아직 소수 의견이고 달린 댓글들도 정신 차리라는 비아냥이나 어그로 끌어서 돈 벌려고 하는 것이냐는 조롱이 대부분이었다.

'설마, 진짜는 아니겠지.'

생각해보면 그럴듯해서 더더욱 믿고 싶지는 않았다. '공포 탐정'이 주장한 정도까지는 아니겠지만 직접 겪어봤기 때문이다. 숨도 쉬기 어려울 정도의 공포감을 느낀 창욱이는 침대로 몸을 던졌다. 그리고 이불을 머리끝까지 뒤집어쓰고 한동안 덜덜 떨었다. 그가 한동안 움직이지 않자 잠이 든 걸로 착각했는지 방 안의 불이 저절로 꺼졌다. 놀란 창욱이는 벌떡 일어나면서 소리쳤다.

"안 돼!"

다시 불이 켜졌지만 창욱이의 마음은 여전히 어둠 속에 남아 있었다. 어찌할 바를 모르던 창욱이는 도로 침대에 누웠다가 다시 일어났다. 불이 꺼지는 게 무서웠기 때문이다. 방 안을 빙빙 돌면서 초조하게 손톱을 물어뜯던 창욱이는 결국 불을 끄지 않고 잠을 청했다. 어느새 잠이 든 창욱이는 달리는 꿈을 꿨다. 걷기조차 싫어하던 창욱이는 자신이 달리고 있다는 사실에 놀라워하면서 주변을 돌아봤다. 빠르게 스쳐 지나가는 주변 풍경들을 보면서 뛴다는 것이 어떤 것인지 알 것 같았다.

'바람이 상쾌해!'

귓가를 스치는 바람이 이렇게 시원하다는 걸 처음 안 창욱이는 달리고 또 달렸다. 숨이 목까지 차올랐지만 동시에 한

계를 뛰어넘고 바람을 거스른다는 희열이 느껴졌다. 창욱이는 어두운 공원 같은 곳을 달리고 또 달리는 꿈을 꿨다. 비록 중간에 넘어지면서 다치긴 했지만 웃음이 멈추지 않았다. 난생처음 달리는 기쁨을 누린 것이다. 벌떡 일어난 창욱이는 다시 달렸다. 호흡을 일정하게 들이마셨다가 다시 내뱉으면서 달리자 차츰 몸이 가벼워졌다.

"이런 게 달린다는 거구나!"

다음 날, 시끄러운 알람 소리에 힘겹게 눈을 뜬 창욱이는 침대에서 몸을 일으켰다. 문을 열고 나가자 부모님은 보이지 않았고, 가정용 로봇이 아침 식사가 준비되었다고 알렸다. 창욱이는 화장실로 가서 간단하게 세수와 양치를 했다. 그 와중에 손목에 긁힌 흔적이 있는 걸 발견했다.

'어디서 난 상처지?'

그뿐만이 아니었다. 발목 안쪽에도 멍이 들어 있었다.

'이상하다?'

어제 잠들기 전에는 없던 상처였다. 씻고 나오면서 왜 이런 상처들이 생겼는지 고민해봤다. 밖에 나가거나 격렬하게 운동을 한 적이 없었기 때문이다. 꿈을 제외하고는 말이다.

'그래, 그건 꿈이었잖아.'

어제 미리 관리기에 넣어둔 옷을 입는 내내 의문은 풀리지 않았다. 아침 식사를 하라는 가정용 로봇의 말을 무시하고 현관으로 나간 창욱이는 저도 모르게 눈살을 찌푸렸다.

'이게 왜 여기 있는 거지?'

아버지가 퇴원 기념으로 사준 에어 조던 MK-668 레드 에디션이 보였다. 워낙 레어템이라 아버지가 나이키 한국 지사에 편지를 보내서 받은 것이었다. 그래서 뜯은 다음 집 안에서만 한 번 신어보고 신발장에 넣어놨다. 그런데 현관에 내팽개친 상태로 놓여 있는 그 신발에 흙이랑 얼룩이 잔뜩 묻어 있었다.

'이, 이건.'

아무리 생각해도 꺼내서 신은 기억이 없었다. 너무나 혼란스러웠던 창욱이는 그대로 주저앉았다. 그러고는 손목 안쪽의 상처를 바라봤다. 언제 생겼는지 알 수 없는 상처들과 밖으로 나와 있는 신발을 보면서 큰 혼란에 빠졌던 것이다. 한참을 그렇게 앉아 있는데 뒤쪽에서 가정용 로봇이 다가왔다.

"지금 출발하지 않으면 학교에 지각할 거예요."

정신을 차린 창욱이는 허둥지둥 문을 열고 나갔다.

헐레벌떡 학교에 도착한 창욱이는 교실로 들어가서 자리에 앉았다. 옆에는 경섭이가 책상에 머리를 댄 채 졸고 있었다. 숨을 고른 창욱이가 경섭이를 꾹꾹 찔렀다.

"왜?"

"학교가 자는 곳이야?"

"피곤해 죽겠어."

"남들이 보면 공부한 줄 알잖아."

"공부지. 인생 공부."

창욱이는 눈을 감은 채 얘기하는 경섭이를 더 심하게 흔들었다.

"야, 할 얘기 있어."

"해."

"후문 쪽으로 나와."

"거 귀찮게 하네, 진짜."

말은 그렇게 했지만 경섭이는 벌떡 일어나서 따라 나왔다. 복도 끝에 있는 문을 통해 나가자 평소에는 잘 다니지 않는 후문이 보였다. 본관과 후문 사이의 좁은 공간은 CCTV가 없고 선생님이 잘 오지 않는 곳이라서, 아이들은 이곳에서 담배를 피우거나 조용히 얘기를 나누곤 했다. 창욱이를 따라 나온 경섭이가 목덜미를 벅벅 긁으며 물었다.

"무슨 일인데?"

주저하던 창욱이가 입을 열었다.

"사실은 말이야."

창욱이에게 어제와 오늘 있었던 이상한 상황을 들은 경섭이가 창욱이의 다리를 바라봤다.

"그러니까 꿈이라고 생각했는데 실제로 몸에 상처가 나고 신발이 꺼내져 있었던 말이지?"

"응."

눈살을 찌푸린 경섭이가 말했다.

"자면서 몸부림치다가 난 상처 아니야?"

미심쩍어 하는 경섭이의 말에 창욱이는 손목에 난 상처를 보여줬다.

"나 얌전히 자는 편이라고. 그리고 여기 손목 상처를 봐. 이게 자다가 넘어지면서 생긴 거 같아?"

손목의 상처까지 보고 나자 경섭이가 비로소 믿는 눈치였다.

"안 그래도 유튜브에서 인공 신체의 인공 지능에 관한 내용들을 봤어."

"혹시 내 다리의 인공 지능도 그런 거 아닐까?"

──────── 꿈속을 달리다

"어떤? 주인 말 무시하고 운동화 신고 막 달리는?"

"장난할 기분 아니거든!"

창욱이의 짜증 섞인 말에 생각에 잠겨 있던 경섭이가 어깨를 으쓱거렸다.

"그럼 간단하네. 꿈이 아니었어."

"난 꿈이라고 생각했는데?"

"몽유병 같은 걸 수 있잖아. 의식은 없는데 돌아다니는 거 말이야."

"없던 몽유병이 왜 갑자기 생기는데?"

질문을 받은 경섭이는 눈을 껌뻑거렸다.

"그걸 지금부터 알아봐야지."

수업 시작을 알리는 차임벨이 울리자 두 아이는 반사적으로 교실로 돌아갔다.

책상에 앉은 창욱이가 교과서를 꺼내는데 옆자리에 앉은 경섭이가 속삭였다.

"내가 미국에 있는 사촌 누나 얘기한 적 있지. 데이지라고."

"응, 알아주는 해커라며."

"얼마 전에 나한테 신세 진 게 있어서 부탁 하나 들어준다고 했거든."

"그래서?"

"네 인공 신체에 있는 인공 지능이 누구 건지 알아봐달라고 할게."

"그게 가능할까?"

창욱이의 물음에 경섭이가 자신만만하게 고개를 끄덕거렸다.

"진짜, 그 누나는 못 뚫는 곳이 없대."

"그럼 고맙긴 한데."

경섭이가 자기만 믿으라고 말하고는 교과서를 펼쳤다. 창욱이도 따라서 교과서를 펼쳤다. 점심시간에 경섭이가 카톡으로 사촌 누나에게 연락을 취하는 사이, 창욱이는 창밖을 바라봤다. 운동장에는 일찍 식사를 끝낸 아이들이 뛰어노는 중이었다. 그중 몇 명은 운동장의 트랙을 달리고 있었다. 그걸 본 창욱이는 자기도 모르게 발을 굴렀다. 꿈이든 몽유병이든 달리는 것이 어떤 기분인지 깨닫게 된 것이다.

다음이 체육 시간이라서 다들 체육복으로 갈아입고 운동장으로 나왔다. 머리띠를 두른 체육 선생님이 몸풀기 운동을 시키는 사이, 경섭이가 슬쩍 얘기했다.

"사촌 누나가 오케이 했어. 좀만 기다리래."

"그게 금방 되는 거야?"

"금방은 안 되는데 누나가 한번 해보겠대."

짧게 얘기를 나누는 사이, 체육 선생님이 이번 시간에는 단거리 달리기를 한다고 했다. 아이들이 힘들어서 하기 싫다고 징징거렸지만 선생님은 들은 척도 하지 않고 네 명씩 줄을 맞춰 트랙에 세웠다. 창욱이는 자연스럽게 경섭이랑 나란히 섰다. 출발 신호가 울리고 아이들이 달리기 시작했다. 싫다고 했지만 막상 시작하자 뒤처지기 싫었는지 다들 헉헉대면서 뛰었다. 경섭이가 장난스럽게 말을 건넸다.

"너, 100미터 기록이 28초쯤 되지?"

"25초거든."

"거북이도 너보다 빠르겠다."

"어쭈, 자기가 토끼인 줄 아나 본데. 너도 20초 찍잖아."

"그래도 너보다는 빠르지."

티격태격하는 사이, 둘이 출발할 차례가 되었다. 다른 두 명과 함께였다. 출발선에 선 창욱이는 발에 힘을 줬다. 사실 놀림을 받는 걸 감수하고라도 빨리 뛸 생각은 없었다. 원래 느리기도 했고, 인공 신체에 무리를 주고 싶지 않았기 때문이다. 그래서 체육 선생님이 "출발"이라고 외쳤을 때에도 일부러 설렁설렁 뛰었다. 그런데 예상 밖의 상황이 펼쳐졌다.

"이, 이거 왜 이래?"

발이 쭉쭉 앞으로 나간 것이다. 마치, 날개가 달렸거나 허공을 밟는 느낌이었다. 발에 따로 힘을 주거나 앞으로 내딛지 않았음에도 불구하고 말이다. 창욱이는 경섭이를 비롯해서 다른 아이들을 순식간에 제쳐버리고 한참 앞으로 달려 나갔다. 트랙 주변에 앉아서 구경하던 아이들이 멍한 눈으로 바라보는 것이 바람처럼 스쳐 지나갔다.

"어어어!"

누구도 예상 못 한 엄청난 속도로 결승선을 통과한 다음에도 발은 멈추지 않았다. 한참을 달려간 다음에야 멈춘 창욱이는 당혹스러웠다. 사고 전에는 발이 빠르지 않아서 100미터 달리기를 하면 20초가 훌쩍 넘는 게 보통이었다. 거기다 사고 이후에는 달리기를 한 적도 없었다. 그런데 발이 알아서 뛰는 것 같은 느낌이었다. 중간에 멈춰보려고 했지만 아무 소용이 없었다. 마치 두뇌가 있는 것처럼 발이 알아서 움직이고 멈췄던 것이다. 놀라서 숨을 헐떡거리는데 같이 뛴 경섭이가 달려왔다.

"미친 새끼. 왜 이렇게 빨리 뛰어?"

"몰라, 나도."

경섭이가 헉헉거리며 스톱워치를 멍한 눈으로 바라보는 체육 선생님을 쳐다봤다.

"씨발, 체육 선생님 봐라. 놀라서 기절하기 일보 직전이야."

"얼마나 빨리 뛰었는데?"

"11초대인 거 같아. 뭐야, 대체?"

창욱이는 경악과 두려움이 섞인 경섭이의 시선을 외면했다.

"몰라. 그냥 발이 뛰었어."

"맙소사."

고개를 절레절레 흔든 경섭이가 뒷걸음질로 사라지고, 체육 선생님이 뛰어와서는 한 번 더 달려보라고 했다. 창욱이는 이번에야말로 살살 뛰겠다고 마음먹었지만 12초대로 마무리 지었다. 당장 육상부에 들어오라고 난리를 치는 체육 선생님에게 창욱이는 자신의 사고 내역을 털어놨다.

"진짜 제 다리가 아닙니다."

난감해하는 체육 선생님이 눈을 껌뻑거리는 사이, 체육 시간이 끝났다. 교실로 올라온 창욱이는 이전보다 더 거리감을 두는 아이들의 시선을 느꼈다. 심지어 경섭이조차 말없이 교실 밖으로 나갔다. 창욱이는 땀에 젖은 두 다리를 내려다봤다. 달린다는 것이 어떤 기분인지 직접 깨닫자 더 달리고 싶었다. 그렇게 쉬는 시간이 끝나고, 경섭이가 심각한 표정으로 들어왔다. 그러고는 짧게 말했다.

"이따가 수업 끝나고 나랑 같이 어디 좀 가자."

"어딜?"

"일단 따라와."

더 이상 얘기하지 않겠다는 표정으로 의자에 앉은 경섭이가 앞을 바라봤다. 궁금했지만 바로 다음 수업이 시작되면서 더 이상 말을 걸지 못했다.

엄청 오래 걸릴 것 같던 수업 시간이 드디어 끝나자 아이들은 가방을 챙겨 들고 교실 밖으로 나갔다. 운동장에서 기다리고 있던 학부모들이 아이들을 데리고 교문을 빠져나갔다. 괴한이 나타났다는 보도 때문인지 평소보다 더 많은 학부모가 보였다. 하지만 그 와중에도 창욱이의 부모님은 보이지 않았다. 교문 앞에 우두커니 서 있는 창욱이의 어깨를 경섭이가 가볍게 쳤다.

"가자."

"어디를 간다는 거야?"

경섭이는 아무 말 없이 교문을 나섰다. 주저하던 창욱이
는 가방을 고쳐 메고 경섭이의 뒤를 따랐다. 속으로 경찰서
에 데려가는 건 아닐까 걱정했다. 그런 창욱이의 걱정을 아는
지 모르는지 경섭이는 일정한 거리를 유지한 채 걸어갔다. 횡
단보도를 몇 개나 건너 따라가는 동안, 창욱이는 인공 신체인
다리가 말썽을 부릴까 봐 조마조마했다. 그런 창욱이를 놀리
기라도 하는 것처럼 버스 정류장을 비롯해서 곳곳에 설치된
3D 광고판에서는 인공 신체를 만드는 아르테미스사의 광고
가 계속 나왔다. 애써 광고에서 시선을 돌리며 따라가던 창욱
이는 경섭이가 발걸음을 멈춘 곳을 보고는 눈을 크게 떴다.

"여긴!"

어제 왔던 육상 경기장이었다. 여전히 트랙 위에서는 운
동복을 입은 선수들이 뛰는 중이었다. 그중에는 어제 봤던 짧
은 머리의 여자 선수도 보였다. 트랙이 있는 철조망 쪽으로
걸어간 경섭이에게 그 여자 선수가 다가왔다. 철조망을 사이
에 두고 한참 얘기를 나누던 두 사람은 거의 동시에 창욱이를
바라봤다.

"뭐야?"

복잡해 보이는 시선을 느낀 창욱이는 더더욱 움츠러들었다. 여자 선수가 철조망을 돌아서 밖으로 나왔다. 그리고 경섭이와 함께 창욱이에게 다가왔다. 창욱이를 위아래로 살펴본 여자 선수가 손을 내밀었다.

"만나서 반가워. 하선주라고 해."

"황, 황창욱이라고 합니다."

악수를 한 하선주가 옆에 있는 경섭이를 힐끔 바라봤다.

"고2라며?"

"네."

"내가 세 살 위네. 영민이도 나랑 동갑이었고."

"누, 누구요?"

창욱이의 질문에 하선주가 대답했다.

"김영민. 우리 대학교 육상 선수였어. 작년에 골수암으로 세상을 떠나고 말았지."

예상 밖의 대답에 놀란 창욱이가 자신을 이곳으로 데려온 경섭이를 바라봤다. 둘의 대화를 지켜보던 경섭이가 말했다.

"사실은 아까 사촌 누나에게 연락이 왔었어."

"미국에 산다는 그 해커 누나?"

"응, 네 인공 신체 다리의 인공 지능이 누구한테서 왔는지 알아냈고, 같이 훈련하던 사람들이 어디 있는지 알려주면서 직접 가보라고 해서 말이야."

경섭이의 얘기를 들으면서 창욱이는 어제 왜 이곳에 왔는지 알아차렸다. 인공 신체의 인공 지능으로 남은 의식이 동료들을 찾아갔던 것이다. 하선주는 눈물을 글썽거리면서 창욱이를 바라봤다.

"정말 열심히 한 친구였어. 내년 전국 체전에 꼭 같이 출전하자고 연습했거든. 그런데 갑자기 병이 발견되고 너무 빠르게 진행되었지."

하선주의 얘기를 들으면서 창욱이는 충격을 받았다. 인공 신체 다리의 인공 지능이 인간이었을 때를 기억하고 있다는 사실이 너무나 놀라왔던 것이다. 입을 다물지 못하는 창욱이에게 하선주가 덧붙였다.

"사실, 어젯밤에 여길 산책하는데 네가 달리는 걸 봤어."

"저, 저를요?"

"응. 달리는 주법이랑 습관이 영민이랑 너무 닮아서 유심히 지켜봤지. 네가 코너를 돌면서 넘어졌고, 일어나더니 주변을 두리번거리고는 그대로 사라졌어."

하선주의 얘기를 들은 창욱이는 비로소 자신의 몸에 난 상처와 신발을 사용한 이유를 알아차렸다. 비록 자신이 통제하지는 못했지만 나쁜 짓을 하지 않았다는 점에서 안도의 한숨이 나왔다. 그런 창욱이에게 하선주가 말했다.

"뛰어볼래?"

"네?"

"영민이는 진짜 폼도 예쁘고 잘 달렸어. 만약 네 다리의 인공 지능에 영민이의 기억이 담겨 있다면 분명히 달리고 싶어 할 거야."

그래서 어젯밤에 혼자 달리기를 했고, 오늘 체육 시간에도 엄청나게 빨리 달린 것 같다는 생각이 들었다. 그러면서 안타깝다는 느낌을 받았다. 영민이란 사람은 한창 달릴 나이인데 뜻하지 않은 병으로 세상을 떠났고, 인공 지능으로 남은 상황에서도 어떻게든 달리려고 했던 것이다. 사연을 알게 된 창욱이는 자신의 다리를 내려다봤다. 무섭고 두렵다는 생각은 말끔히 사라졌다. 고개를 든 창욱이는 하선주에게 대답했다.

"뛰어볼게요."

"따라와. 영민이가 신던 신발이 있어."

창욱이는 하선주를 따라가면서 경섭이를 바라봤다. 경섭

이가 활짝 웃으며 "파이팅"이라고 외쳤다.

"고마워."

짧게 대답한 창욱이는 하선주를 따라가서 신발을 바꿔 신었다. 처음 신는 신발이었지만 아주 오래전부터 신었던 것처럼 편안했다. 그걸 본 하선주가 트랙을 가리켰다.

"영민이는 3번을 좋아했어."

대답 대신 고개를 끄덕인 창욱이는 트랙의 3번 라인에 섰다. 철조망 너머의 경섭이가 손을 흔들면서 응원의 목소리를 날렸다. 트랙에 서서 출발 자세를 취하자 다리에서 찌르르 하는 느낌이 왔다. 무섭거나 두렵다는 생각보다는 달리고 싶다는 목소리의 느낌을 받아들인 창욱이가 중얼거렸다.

"그래, 뛸게."

뒤에서 하선주가 외치는 소리가 들렸다.

"준비되면 뛰어!"

엉덩이를 치켜든 창욱이는 심호흡을 하고 앞으로 발을 내디뎠다. 기분 좋은 바람이 귓가를 스쳤다.

지아의
새로운 손

김이환

우주 변방에 있는 작은 도시, '에스피 시티'에 사는 중학교 2학년 여자아이 지아는 곧 양손에 이식 수술을 받을 예정이었다.

    지아는 태어났을 때부터 손목 아래로 양손이 없어서 기계손을 달아야 했다. 지아의 체세포를 배양해 만든 복제 손을 달 수도 있었지만, 성장하면 손도 자라는데 이식한 손은 자라지 않는다는 문제가 있었다. 의사는 그때마다 더 큰 손으로 이식 수술을 반복하기보다는 성인이 되어 성장이 끝나면 복제 손을 이식하고 그 전에는 기계손을 쓰는 쪽이 좋다고 조언했다. 그래서 지아는 기계손을 달았고, 몸이 커질 때마다 새로운 기계손으로 업그레이드(라고 표현하는 걸 지아는 좋아했지만 어른들은 '바꿨다'고 표현했다)하면서 잘 써왔다.

    그런데 지금까지 지아의 손 수술을 담당해온 병원에서 최근 연락을 보내면서 상황이 달라졌다. 의사 선생님이 이제는 이식한 손도 같이 성장하는 기술이 생겼다면서 사람 손으로 수술을 받으라고 권했다. 지아는 두 달 전 병원에 체세포 샘플을 보냈고 병원에서는 세포를 배양해 지아의 손을 만들고 있었다. 2주 뒤면 손이 완성돼 수술할 예정이었다.

하지만 지아는 별로 수술하고 싶지 않았다. 지금의 기계 손이 좋기 때문이다. 지아의 손은 손목과 연결된 금속 손목에 부드러운 합성 고무가 덧대어 있는 손바닥, 정교한 열 개의 손가락으로 되어 있다. 그리고 손바닥 밑으로 초소형 컴퓨터와 수많은 나사, 모터가 복잡하게 얽혀 있다. 손가락 끝에는 깎을 필요가 없는 금속 손톱이 있고, 손끝에는 손바닥과 같은 합성 고무가 둥그렇게 대어져 있는데 지문은 없다. 손등에 있는 작은 제어판이 모니터로 체온과 맥박과 혈압을 알려주고, 기계손이 제대로 작동하는지 상태도 표시한다. 위험한 물건을 만지면, 너무 뜨겁거나 차갑거나 독성이 있거나 전기가 흐르는 물건을 건드리면 손이 약하게 진동하기 때문에 그때 손을 떼면 된다.

처음 봤을 때 무섭다는 아이도 있지만, 지아가 손을 쓰는 모습을 보면 나중에는 다들 멋지다고 했다. 손에 장착된 컴퓨터가 뇌파와 신경 전파를 측정해 지아의 의도대로 기계손을 정확하게 움직였다. 인간은 복잡한 동작을 익히려면 오래 걸리지만, 지아는 뇌가 인식만 제대로 하면 컴퓨터가 손을 알아서 움직였기 때문에 손으로 하는 움직임은 뭐든지 보통 아이들보다 열 배는 빨리 배우고 훨씬 잘했다. 농구공을 던지면 40번이든 50번이든 정확히 링 안으로 들어갔다. 배구공으로 스파이크를 할 때면 강력한 힘으로 원하는 장소에 정확히 공을 내리쳤다. 공을 던질 때는 손뿐 아니라 어깨나 몸의 힘도 필요하지만, 지아는 단지 손과 손목만 사용해도 다른 아이들보다 훨씬 더 셌다. 손을 이용하는 스포츠에서는 누구도 지아를 당해내지 못해서 아이들은 체육 시간에 늘 지아를 자신의 편으로 넣으려고 했다. 상대편 아이들은 지아를 빼고 해야 한다고 선생님께 항의하곤 했지만 말이다.

그래서 더욱 인간의 손으로 바꾸려니 마음이 내키지 않았다. 이전처럼 농구나 배구를 잘할 수 없는 건 둘째치고, 모든 동작을 다시 배워야 한다고 의사 선생님이 말했기 때문이다. 손을 연결한다고 해서 바로 뜻대로 움직이지 않기 때문에 뇌와 신경이 손을 다루는 방법을 익히려면 계속 연습해야 한다고 했다. 수저 잡는 법부터 다시 배우고 물리치료만 한 달 넘게 받는다는 말에 지아는 기겁했다.

부모님에게 수술하기 싫다고 말하면, 늘 안 된다는 대답이 돌아왔다. 복제 손이 기계손보다 보기에도 예쁘고, 어차피 수술할 거면 시간이 많은 지금이 좋고, 어른이 되면 회복이 오래 걸리기 때문에 성장기인 지금 수술을 받아야 한다고 의사가 말했다 등등, 했던 말을 반복했다.

그날도 지아는 학교가 끝나고 집에 왔을 때 부모님에게 같은 말을 꺼냈다. 어째서인지 아빠와 엄마가 집에서 차를 마시고 있었다. 아빠는 지아에게 일이 있어서 집에 잠시 들렀고 다시 일하러 공장으로 나가야 한다고 말했다. 지아의 부모님은 자동차 공장에서 기계를 고쳤는데 기계가 자주 고장 났기 때문에 늘 바빴다.

엄마가 학교에서 별일 없었느냐고 물어서 이런저런 말을 하다가, 지아는 다시 말했다.

"꼭 인간 손으로 이식 수술을 받아야 해?"

"또 그 이야기니?"

아빠가 지겹다는 듯이 고개를 흔들었다. 지아는 말했다.

"물리치료 받기 귀찮아. 꼭 수술을 받아야 하면 인공 손 말고 더 나은 기계손으로 바꾸면 안 돼? 사람 손하고 똑같이 생긴 것으로. 어젯밤에 찾아봤는데 정말 똑같이 생기고 움직임이 같은 것도 있었어. 그걸로 수술하면 보기에도 사람 손하고 똑같고 쓰기는 편하고 좋잖아."

"아무리 말해도 안 들어줄 거라고 계속 말했잖아. 저번에 농구공 터트린 일은 잊었니? 사람 손으로 바꾸면 그런 실수도 안 저지를 거야."

농구를 하다가 흥분해서 힘 조절하는 걸 잊었고, 농구공을 너무 세게 쥐어 터트렸던 것이다. 그건 어쩌다 있는 실수라고 말했지만, 엄마의 생각은 달랐다.

"기계손이 뭐가 좋다고 그러니. 너 어렸을 때 손 힘 조절을 못 해서 문손잡이를 몇 번이나 뽑았는지 기억 안 나니?"

"마음에 안 드는 어른이랑 악수할 때 일부러 힘을 세게 주는 거 다 안다."

아빠도 말했다. 그런 실수는 이제 하지 않는다고 해도 아빠의 대답은 바뀌지 않았다.

"그 몇 번 안 되는 실수가 우리한테는 부담스러워. 어렸을 때 옷 갈아입다가 툭하면 옷 찢은 적이 한두 번이 아니다. 학교에서 주먹으로 벽을 쳤다가 벽에 구멍 냈던 건 어쩌고."

그건 오래전 어렸을 때의 일이고 이제는 그런 실수를 안 한다고 했지만, 그랬다가 다시 터진 농구공 이야기로 돌아가

서 할 말이 없었다. 엄마는 말했다.

"너 어렸을 때만 해도 기계손이 싫고 어른 돼서 사람 손 갖고 싶다고 분명히 말했어. 고집 그만 부리고 이거나 받아. 선물이다."

엄마가 내민 건 에스피 시티의 식당과 놀이 시설을 이용할 수 있는 '먼저 쿠폰' 여러 장이었다.

"수술이 얼마 안 남았잖아. 2주 뒤에 입원하니까 주말에 친구들과 시내에서 놀고 와. 물리치료 하려면 당분간은 놀기도 힘들 테니까 미리미리 놀아둬."

지아는 말을 그만두고 방으로 들어갔다. 컴퓨터 모니터에는 겉으로 보기엔 사람 손처럼 생겼지만 사실은 기계인 여러 개의 기계손 이미지가 있었다. 어젯밤 지아가 인터넷에서 검색하고 이걸로 수술을 받으면 어떨까 고민했던 기계손들이었다. 지아는 한숨을 쉰 다음 컴퓨터에게 검색을 종료하라고 명령했다.

주말이 되자, 지아는 반 친구 나은과 하윤에게 시내로 놀러 가자고 전화를 걸었다. 나은도 하윤도 둘 다 무료하게 침대에 누워 있다가 전화를 받았다. 놀기 좋아하는 나은은 지아의 말이 끝나기도 전에 좋다고 했고, 준비하고 나가려면 한 시간 정도 걸린다고 말했다. 걱정이 많은 하윤은 망설이면서 말했다.

"그래도 공부를 좀 해야 하지 않을까."

그래서 나은이 준비하는 한 시간 동안 공부한 뒤에 나가 겠다고 대답했다. 지아는 말했다.

"나는 먼저 시내로 가서 돌아다니고 있을 테니까 도착하면 연락해."

지아는 장갑을 끼고 집을 나섰다. 외출할 때는 기계손을 보고 놀라거나 계속 쳐다보는 사람이 간혹 있어서, 항상 얇은 장갑을 끼고 다녔다. 시장을 돌아다니면서 지아는 '먼저 쿠폰'으로 뭘 사면 좋을지, 친구들과 뭘 하고 놀지를 고민했다. 에스피 시티는 우주의 다른 도시와 다르게 돈을 사용하지 않고 모든 물건을 같이 사서 공유했는데, 필요한 물건은 시의회에 신청해서 공짜로 타서 썼다. 그리고 급하게 물건이 필요한 사람이나 서비스가 필요한 사람을 위한 '먼저 쿠폰'이 있었다. '먼저 쿠폰'이 있으면 물건도 먼저 받을 수 있는데, 그 쿠폰을 부모님이 지아에게 잔뜩 선물한 것이다. 오늘 시장에선 외부 도시에서 우주선을 몰고 온 상인들이 에스피 시티에는 없는 옷이나 신발 들을 주로 팔고 있었다. 마음에 드는 티셔츠가 있어서 쿠폰과 교환하려다가 나은, 하윤과 함께 와서 한 번 더 보고 결정하자고 일단 미뤘다. 그 와중에 지아의 눈에 크고 오래된 우주선이 들어왔다. '트리스탄 골동품점'이라고 간판을 붙인 우주선이었는데 그 앞에 처음 보는 물건들이 있었다.

"저런 우주선은 처음 보네…."

지아는 자신도 모르게 중얼거렸다. 정말 오래된 골동품들이 우주선 앞에 죽 놓여 있고, 더 보고 싶은 사람은 안으로 들어오라는 입간판도 있었다. 지아가 가장 놀란 물건은 우주선 문에 걸려 있던 벽시계였다. 크고 동그란 시계였는데 투명해서 안이 훤히 보였고, 심지어 전기가 아닌 태엽으로 작동했다. 전자동이 아닌 시계를 말로만 들었지 본 건 처음이어서 넋을 놓고 다가가 들여다보았다. 안에서 움직이는 나사와 태엽, 초침, 작은 못과 너트를 자세히 관찰했다.

"오래된 시계야. 250년쯤 됐지."

우주선 사장이 나와서 지아에게 말을 걸었다. 신기하게도 사장은 지아 또래의 나이 어린 여자아이였다. 그리고 더 놀랍게도, 지아처럼 두 손이 기계였다. 지아는 장갑을 끼고 두 손

을 감추고 있었는데 아이는 그러지도 않았다. 지아의 손보다
더 좋은 손이었다. 금속 질감 표면이 그대로 드러난 지아와
달리, 겉이 매끈한 흰색 합성 플라스틱으로 덮여 있고 움직임
도 더 부드러웠다.

지아는 사장에게 물었다.

"가게 간판에 있는 이름 '트리스탄'이 네 이름이야?"

"아니, 우리 아빠 이름이야. 내 이름은 리나야."

리나는 아빠가 아파서 잠시 가게를 맡고 있다고 했다. 지
아 또래의 아이가 우주선을 몰고 여러 도시를 돌아다니면서
골동품을 사고팔다니, 신기한 일이었다. 지아는 자신을 소개
했다.

"내 이름은 지아야. 너는 양쪽 손이 기계네."

"너도 양손 모두 기계손이구나."

어떻게 알았느냐고 물었더니 보면 안다고 대답했다. 둘
다 기계손을 가진 또래 아이는 처음 봤기 때문에 서로가 반가
웠고 말도 잘 통했다. 지아는 리나를 따라 우주선 안으로 들
어가 계속 대화했다. 둘은 서로 손이 어떤 모델이고 언제 이
식 수술을 받았고 수술은 몇 번이나 했는지, 기능은 어떻고
귀찮은 점은 뭔지 대화를 나눴다. 리나와 지아는 둘 다 손이

없이 태어났고 수술한 경험도 비슷했다.

지아는 새로운 기능이 더 있는 리나의 손이 부러웠다. 지아는 손가락 관절이 자주 뻑뻑해져서 합성수지를 발라야 하는데 리나는 그러지 않아도 된다고 했다. 움직임도 지아의 손보다 훨씬 유연했다. 그리고 여러 다른 장치가 붙어 있어서 정말 놀랐다. 다른 장치가 부착된 손이 있다는 말은 들은 적이 없었다.

리나가 오른손 손목을 누르자 손바닥이 열리더니 그 밑에 있던 스위스 아미 나이프가 튀어나왔다. 지아가 멋있다고 손뼉을 치자, 리나가 말했다.

"이게 제일 멋있어."

리나가 오른손으로 권총 쏘는 시늉을 하자, 오른손 검지 끝에서 꼭 레이저 건처럼 레이저 광선이 나와 천장에 꽂혔다. 우주선 내부가 어두웠기 때문에 붉은색 레이저 광선이 멋지게 빛났다. 지아는 멍하니 손톱 끝에서 나오는 레이저를 바라보았다.

"진짜 레이저야?"

"응. 하지만 아주 약해서 그냥 가시광선과 다르지 않아."

"정말 멋있다. 나도 그런 거 있었으면 좋겠어."

리나가 자신이 달아줄 수 있다고 했다. 레이저 장치도 있고 손에 부착할 장비도 있으며, 손끝 비어 있는 공간에 아주 작은 장치만 달면 된다는 것이다. 우주 전체에서 통용되는 스페이스 달러를 내면 달아주겠다고 했지만, 지아는 돈은 없고 '먼저 쿠폰'만 몇 장 있었다. 지아는 한숨을 쉬면서 말했다.

"어차피 사람 손을 이식할 거야."

지아는 곧 이식 수술을 받을 거라고 털어놓았다. 그러면서 수술을 별로 받고 싶지 않고 받더라도 기계손으로 받고 싶다고 말했더니, 리나 역시 자기도 기계손이 좋다고 말하면 부모님이 무척 싫어한다고 했다. 지아도 리나도 한바탕 웃었다.

"어른들은 다 똑같구나."

둘은 시간 가는 줄도 모르고 대화를 나눴다. 리나가 어렸을 때 다른 사람을 너무 세게 붙잡아서 멍을 만드는 바람에 한동안 두꺼운 장갑을 끼고 다녔는데 꼭 권투 선수가 된 기분이었다고 말하자 지아도 어렸을 때 비슷한 경험이 떠올랐다. 최근에는 망치 대신 주먹으로 못을 박다가 부모님에게 혼났다는 리나의 이야기를 듣고 지아는 한참 웃었다.

지아와 다른 리나의 경험은 우주선에 있는 기계 장치가 리나의 기계손에서 나오는 전파 때문에 가끔 혼선이 생긴다는 것이었다. 지금의 손도 다른 기계와 혼선이 적은 것으로 골랐다고 했다. 그리고 리나는 지아처럼 운동을 잘하지 못했다. 리나는 말했다.

"나는 구기 운동은 많이 안 해서 모르겠어."

지아가 농구공을 터트린 일을 털어놓았을 때 리나는 한참 웃었다.

리나는 왜 에스피 시티로 오게 됐는지도 설명했다. 리나의 아빠는 골동품을 사고파는데, 최근에는 인류가 우주로 진출하던 시대의 유물을 주로 구해서 팔고 있었다. 에스피 시티에도 골동품이 있는지 확인하기 위해 찾아왔다고 했다. 에스피 시티에는 지금 사람들 이전에도 사람들이 한번 정착해서 도시를 만들었다가 모두 떠났는데, 그때 버리고 간 오래된 물건이나 기계가 도시 주변 땅속에 파묻혀 있었다. 리나가 흙속에 묻혀 있던 걸 꺼낸 로봇 부품도 몇 보여줬다.

우주선 로비의 큰 테이블에 흙 묻은 낡은 쇳덩이가 몇 개 있었는데, 그게 골동품이라고 했다.

"아마 로봇 어깨에 부분에 들어간 동력 전달 장치일 거야."

정말 오래된 로봇 문명의 잔해인 귀한 물건이라고 말했지만, 지아가 보기엔 그냥 쓰레기일 뿐이었다.

"이건 골동품이 아니라 고물이잖아. 우리한테는 처치 곤란한 쓰레기인데. 이런 걸 누가 사?"

"인류 문명을 연구하는 역사 학자들이 사. 에스피 시티의 기계 문명은 아주 오래됐잖아. 당연히 귀중하지."

'기계 문명'은 지아도 학교에서 배웠지만, 별로 대단할 건 없었다.

"우리는 '망한 문명'이라고 하는걸."

'망한 문명'이라고 부르는 이유는 쓸데없는 쓰레기를 남기고 갔기 때문이다. 과거의 사람들은 자원을 모조리 낭비한 다음 망가진 로봇과 기계 쓰레기만 남겨놓고 떠났다. 그다음에 지금 에스피 시티 사람들이 도착했을 때 행성엔 정말 쓸만한 자원이 아무것도 없었다. 그래서 에스피 시티는 가난했고, 때문에 사람들이 모든 물건을 나눠 써야 했다. 돈을 사용하지 않고 나눠 쓰는 문화도 그때 자리 잡은 거였다.

지아의 말을 듣던 리나가 말했다.

"그래서 너희 도시가 물건을 공동으로 소유하는 거야? 기계 문명이 자원을 다 낭비해서? 그런 역사가 있었구나. 신기하다."

리나는 로봇 부품에 쓰여 있는 고대 로봇 문명의 글자를 읽을 줄 아느냐고 지아에게 물었다. 지아는 학교에서 배워서 대충 알고 있었다. 동그란 부품을 들고 아주 작게 쓰여 있는 글씨를 읽었다.

"취급 주의, 위험, 열지 마시오, 파손 시 책임지지 않음…. 좋지 않은 뜻만 잔뜩 있는걸. 그리고 이건 비밀번호네. 비밀번호가 정말 길다."

"비밀번호 때문에 아직 분해를 못 했어."

기계를 열어 안을 보려면 입력 장치를 연결해 102자리의 비밀번호를 1분 안에 정확히 눌러야 하는데, 리나는 그럴 장비가 없어서 며칠째 못 열고 있다고 했다. 나중에 장비를 구해서 시도할 계획이라는 리나의 말에, 지아가 말했다.

"내가 할 수 있어."

"그 많은 숫자를 기억해서 1분 안에 누를 수 있다고?"

"아니, 손이 기억해."

지아는 자신이 한번 동작을 하면 그다음에는 손이 알아서 동작을 기억하고 저절로 움직일 수 있다고 설명했다.

"머리가 기억하지 못하는 동작도 손이 기억하는 거야. 네 손은 안 그래?"

지아의 설명을 리나는 바로 이해하지 못하다가, 멍한 얼굴로 대답했다.

"당연히 안 그렇지…. 네 손, 빨리 수술하는 편이 좋겠다."

"비밀번호 눌러서 기계를 열면, 대가로 레이저 장치를 달아줘."

지아는 얼른 제안했다. 리나의 레이저가 멋있어서 꼭 손에 달고 싶었다. 어차피 2주 뒤에 수술하니까 그동안이라도 한번 달고 싶었다. 리나는 제안을 받아들였고, 오래된 로봇 부품에 케이블을 꽂아 키보드를 연결하고 모니터링 장치도 연결해서 102개의 비밀번호를 화면에 표시했다.

지아가 102개의 비밀번호를 처음 누르는 동안은 시간이 걸렸지만, 한번 입력한 다음엔 손이 저절로 부지런히 움직여서 키보드를 눌렀다. 처음 두 번은 반응이 없다가, 세 번째 입력하자 둥그런 부품이 딸깍, 소리와 함께 틈이 벌어졌다. 모니터에도 연결이 해제됐다고 표시됐는데 부품이 완전히 열리지는 않았다.

"녹이 슬어서 그런가…."

리나가 드라이버를 집어넣어서 비틀어도, 손으로 붙잡아 당겨도 열리지 않았다. 나중엔 지아와 리나가 기계손으로 한

쪽씩 잡고 잡아당겼다. 힘을 꽉 주고 잡아당기는 순간 갑자기 부품에서 퍽 소리와 함께 전기가 튀어서 두 사람은 깜짝 놀랐다. 전기 불꽃이 부품 주변을 맴돌다가 두 사람의 기계손까지 따라 내려왔다가 다시 사라졌다. 부품이 열리고 복잡한 안이 드러났다. 둘은 한동안 가만히 있다가 어이가 없어서 웃고 말았다. 손에는 전기가 흐르면서 따가운 느낌이 잠시 들었다가 곧 사라졌다. 리나가 말했다.

"도와줘서 고마워."

리나는 고맙다고, 이걸 팔면 꽤 큰돈을 받을 거라고 여러 번 반복해서 말했다. 지아의 오른손 검지에 레이저 장치도 넣어줬다. 리나의 말대로 설치는 간단했는데, 손가락 끝을 살짝 열고 레이저 장치를 넣은 다음 닫기만 하면 되었다. 지아가 권총 쏘는 자세를 취하자 검지 끝에서 레이저가 나왔다.

그때 나은과 하윤이 시내에 도착했다고 연락이 왔다. 이제 시내에서 친구들을 만날 시간이었다. 리나가 전화번호를 알려주며 말했다.

"혹시 레이저가 말을 듣지 않으면 연락해. 도와줘서 고마워."

리나와 헤어지고 우주선에서 나온 지아는 나은과 하윤을

만나 쿠폰으로 게임 센터에서 새로운 게임도 하고 좋아하는 단골 팬케이크 가게에 가서 팬케이크도 먹었다. 티셔츠도 교환했다. 수술을 앞두고 즐겁게 놀자는 마음으로, 정말 신나게 놀고 집으로 돌아왔다. 그때까지는 별일 없었다. 그런데 다음 날 예상 못 한 일이 일어났다.

토요일 아침 눈을 떴을 때, 지아의 오른손이 인간의 손으로 변해 있었다.

아침에 잠이 반쯤 깨서 손으로 머리를 긁는데 느낌이 이상했다. 뭐가 고장이라도 났나 해서 손을 내려다봤다. 가끔 기계가 느낌을 신경에 이상하게 전달할 때가 있기 때문이다. 그런데 눈앞에 처음 보는 손이 있었다. 얼마나 놀랐는지 모른다. 용케 비명은 지르지 않았는데, 잠이 덜 깨 목이 잠긴 상태라서 기침만 계속 나왔다.

분명 지아의 오른손은 따뜻한 체온이 느껴지고 부드러운 피부가 덮여 있는 사람 손이었다. 처음에는 당연히 꿈을 꾸는 줄 알았다. 하지만 기계손으로 사람 손을 꼬집었더니 아픈 감각이 느껴졌다. 부드럽고 물렁물렁한 손바닥을 멍하니 들여다보다가 정신이 번쩍 들었다. 몇 분 전만 해도 졸려서 일어나기 싫었던 지아는 잠이 확 달아나다 못해 이렇게 정신이 멀쩡한 적이 없었다. 왜 기계손이 사람 손이 됐지? 지아는 중얼거렸다.

"레이저 장치 때문인가?"

어쩌면 좋지? 기계손이 사람 손이 되다니, 병원이 아니라 어디로 가지? 뭐라고 말을 하지? 레이저 장치를 몰래 단 사실을 부모님에게 말해야 하는데, 화를 많이 낼까? 아니면 일단 리나에게 전화해야 하나?

"일어나지 않고 뭐 하니?"

노크 소리가 들리더니 아빠가 들어왔다. 지아는 얼른 이불을 덮고 누웠다. 몸이 아파서 그렇다고 둘러댔는데, 아빠는 다가와 지아의 얼굴을 들여다보고는 손으로 이마를 짚더니 말했다.

"어휴, 열이 있네."

정작 지아가 더 놀랐다. 지아는 오른손 때문에 당황해서 몸에 열이 있는 줄도 몰랐으니까. 하지만 얼굴이 뜨거운 느낌만 좀 있을 뿐 몸이 아프진 않았다. 곧 엄마도 와서 지아의 이마를 짚더니, 열이 있다면서 계속 누워 있으라고 했다. 지아는 그동안 한쪽 손을 이불 밑에 넣고 있었다.

아빠가 말했다.

"엄마 아빠 오늘 출근해야 하는데 어쩌지? 자동차 공장 기계가 또 고장 났거든. 적어도 저녁까지는 집에 못 와. 누워 있다가 만약 더 심해지면 바로 연락해라. 같이 병원에 가자. 해열제 줄까?"

"아니, 안 먹어도 돼. 안 아파."

아빠가 오렌지 주스를 가져다줘서 마신 뒤에 계속 침대에 누워 있었다. 엄마 아빠가 출근하는 소리를 듣고 나서야 침대에서 일어나 다시 손을 내려다보았다. 꿈이 아니고 정말 오른 손이 여전히 사람의 손이었다. 손을 쥐었다 폈다 했더니, 피부가 움직이는 감각이 기계인 왼손과 전혀 달랐다.

"신기하네."

내 손이 아닌 꼭 남의 손을 빌려서 붙인 기분이었는데, 그 이질감에 지아는 자꾸 손을 쥐었다 폈다 해보았다. 뭔가 징그 러우면서도 나중에 수술을 받으면 기분이 이렇겠구나 싶었 다. 그런데 왜 이런 일이 일어났을까? 레이저 장치를 달아서 그런가? 하지만 레이저 장치가 왜 기계손을 사람 손으로 만 들지? 이 상황을 어쩌면 좋지? 걱정이 점점 커지기 시작했다.

그때 리나에게 전화가 왔다. 어제 전화번호를 받을 때만 해도 바로 통화할 줄은 몰랐는데. 리나는 말했다.

"혹시 손에 이상한 일이 일어나지 않았니? 나도 그래. 우주선으로 올 수 있어?"

얼른 집을 나왔는데, 준비에 시간이 오래 걸렸다. 새로운 손으로 옷을 입고 신발을 신으려는데 손에 천과 가죽이 닿는 느낌이 낯설어서 그때마다 움찔 놀랐고 시간도 오래 걸렸다. 특히 장갑을 낄 때 손이 천 안으로 미끄러져 들어가는 기분이 정말 이상했다. 전기 자전거를 타고 우주선으로 향할 때도 손에 힘이 제대로 들어가지 않아 손잡이를 쥐고 뜻대로 방향을 바꿀 수가 없었다. 오른손과 왼손의 힘이 다르니 균형 잡기도 어려워서 몇 번이나 넘어질 뻔했다. 빨리 리나에게 가야 하는데 마음대로 되질 않으니 답답했다.

장갑을 낀 채 손을 쥐었다 폈다 하면서 걸어가는 지아를 사람들은 가끔 흘낏 쳐다봤고, 지아는 사람들이 이상하게 볼까 싶어 괜히 무서워서 고개를 숙이고 걸었다. 리나의 우주선 문을 노크할 때도 손으로 금속을 두들기는 느낌이 괴상해서 깜짝 놀랐다.

우주선 안으로 들어가 리나의 손을 보자마자 지아는 너무 놀라서, 이번에는 잠기지 않은 목으로 마음껏 크게 비명을 질렀다. 리나도 지아처럼 한쪽 손이 기계가 아닌 사람 손으로 변해 있었다. 다른 점이라면 지아는 오른손이었는데 리나는 왼손이 사람 손이었다. 지아와 리나는 어이가 없어서 서로의 손을 멍하니 들여다보았다. 지아가 물었다.

"왜 이런 거지? 레이저 장치를 달아서 그런가? 하지만 너는 레이저가 오른손에 있는데 왼손이 변했잖아."

"어제 분해한 로봇 부품 때문인 것 같아."

리나도 아침에 일어나니 손이 변해 있어서 정말 놀랐다고 했다. 왼손을 고주파 스캐너로 촬영했더니, 겉으로 보기엔 사람 피부 같아도 진짜 피부가 아니라 인간 피부를 흉내 낸 정교한 나노 머신이 원래의 기계손을 덮고 있는 것이었다. 이마에 열이 나는 것도 나노 머신 때문이었다. 지아는 리나가 고주파 스캐너로 팔을 촬영했다는 말에 놀랐다.

"우주선에 고주파 스캐너가 있어?"

"우주선에 환자가 생길 때를 대비해서 여러 의료 장치가 있어. 네 손도 촬영하자."

고주파 스캐너에 손을 넣고 촬영하니 지아의 손도 리나의 손처럼 밖은 부지런히 움직이는 나노 머신이고 안은 원래의

기계였다. 뼈는 기계인데 겉은 피부라니, 또 사람의 피부가
아니고 로봇이 만든 인공 피부라니 기가 막혔다.

더 기가 막힌 건, 리나가 지아에게 레이저를 쏘지 말라고
했을 때였다.

"여기 네 검지 쪽 부품을 봐. 나노 머신이 그곳에 몰려 있
어. 나노 머신이 레이저 장치의 효율을 올리고 있어. 그러니
까 당분간은 쏘면 안 돼. 강력한 레이저 광선이 나갈 거야."

리나는 어제 안을 연 로봇 부품을 촬영한 영상도 보여줬다.

"로봇의 내부 동력 부품에도 안에 작은 나노 머신이 있었
어. 부품이 고장 나면 탑재된 나노 머신이 고치는데, 우리가
열면서 나노 머신이 활성화된 거야. 그리고 부품을 고치던 나
노 머신이 우리의 팔에도 옮겨 왔고. 너희 도시 기계 문명이
이렇게 발달했는지 미처 몰랐어. 작은 부품 안에 복잡한 나노
머신이 있었고 오랜 시간이 흘렀는데도 제대로 작동한다니
놀라워."

지아는 말했다.

"왜 나노 로봇이 우리 손을 사람 손으로 만들었을까?"

"아마도…. 인간 팔에 기계손이 있으니까, 기계를 인간 손
으로 바꿔야 한다고 나노 머신이 판단했구나 싶어. 나노 머신

을 끄면 손도 원래대로 돌아올 거야. 끄는 방법을 알아내야
하는데, 데이터가 부족해. 알아내려면 로봇의 다른 부품이, 특
히 양전자 두뇌가 필요해."

지아는 어떻게 해야 좋을지 혼란스럽고 무서웠다. 병원에
가야 하나? 어제 있었던 일을 부모님에게 솔직히 말해야 할
까? 그러면 레이저 장치를 손에 단 일도 들킬 테고, 크게 혼날
것이다. 하지만 계속 사람 손을 감출 수도 없었다. 어쩌면 좋
지?

리나가 말했다.

"상황을 해결하려면 두 가지 방법이 있어. 하나는 어른들
한테 말하고 병원에 가는 거야. 그리고 다른 하나는… 모험을
떠나는 거야."

우주선을 타고 부품을 찾은 폐허로 가서 로봇의 다른 부
품을 찾자는 거였다. 로봇 양전자 두뇌를 찾아서 안의 데이
터를 꺼내면, 나노 로봇을 정지시킬 명령 프로그램도 찾을 수
있다고 했다. 그게 리나가 말하는 '모험'이었다. 뭔지도 모를
나노 머신이 몸에 들러붙어서 손이 바뀌고 있는 와중에 모험
이라니, 기가 막힌 말이었다. 다른 아이라면 황당하게 받아들
였을 것이다.

그런데 지아에게는 멋있게 들렸다.

"그거 재밌겠다."

모험이라니, 우주선을 타고 폐허로 가서 로봇을 파내자는 말이 재밌게 들렸다. 뭔가 신기한 게 묻혀 있고, 우주선을 타고 찾으러 가는 것이 부모님한테 혼나고 병원에 가는 것보다는 재밌을 것 같았다. 지아가 찬성하자 리나도 밝은 표정으로 말했다.

"어제 폐허에서 로봇 두뇌를 계속 찾다가 못 찾았어."

리나가 우주선 중앙에 띄운 홀로그램 지도를 보고 지아는 웃음을 터트렸다. 어리둥절한 표정을 짓는 리나에게, 지아가 설명했다.

"내가 잘 아는 장소야. 폐허가 아니라 공터야. 이전에는 놀이터였어. 옆에 우리 학교도 있어."

"폐허에 놀이터를 만들었다고? 지도에 있는 저 건물이 학교야? 왜 학교가 폐허 옆에 있어?"

"폐허가 아니라 공터고, 원래 공터가 있었는데 거기에 놀이터랑 학교를 지은 거지."

지아의 설명에 리나는 황당하다는 표정이었다.

"그럼 놀이터로 모험을 떠나자."

그렇게 지아는 리나와 함께 우주선을 타고 모험을 떠났다.

우주선을 타고 공터에 도착했다. 벌판에는 먼지만 날렸고 땅에는 바위나 마른 모래뿐이었다. 지아는 리나에게 설명했다.

"원래는 놀이터였어. 어렸을 땐 여기서 많이 놀았어. 어른들이 로봇 쓰레기가 너무 많아서 위험하다고 나중에 도심에 놀이공원을 따로 지었어. 놀이 기구는 다 철거했고. 지금은 그냥 공터지. 저쪽에 보이는 건물이 내가 다니는 학교야."

우주선으로 조종해서 파놓은 깊은 구덩이를 보고 지아는 할 말을 잃었다. 작은 부품을 파려고 그렇게 큰 구덩이를 팔 줄은 몰랐는데. 리나는 더 깊이 팔 거라고 했다. 우주선 앞쪽에서 거대한 로봇 팔 네 개가 나오더니 땅을 파고 돌을 들어내 흙을 옆으로 치웠다.

리나는 조종석에서 로봇 팔을 조종하며 말했다.

"로봇 부품에서 미약하게 신호가 나오고 있어. 이전에는 안 잡혔는데, 어제부터 여러 개가 잡히고 있어. 이유는 모르겠어. 여기 지도를 보면 이건 몸통 같고 그 밑에 있는 이건 머리 같아. 머리였으면 좋겠는데. 안에 두뇌가 남아 있으면 데이터도 뽑을 수 있어."

일정 깊이를 판 다음 몸통이 드러나자 로봇 팔이 흙을 살

살 치우기 시작했다. 리나와 지아는 로봇 팔을 정지시키고 우주선에서 나와 구덩이로 내려가 부품을 직접 꺼냈다. 부품을 흙에서 꺼내는데, 축축한 흙이 손에 묻자 기분이 나빴다. 지아도 리나도 손에 흙이 묻을 때의 차갑고 축축한 느낌을 몰랐다가 처음 안 것이다.

몸통을 꺼내자 그 밑에 둥그런 머리가 있었다. 리나와 지아는 로봇 부품을 우주선 안으로 가지고 들어와서 테이블에 내려놓았다. 머리, 몸통, 팔, 이전에 찾은 부분까지 맞춰서 놓고 보니 아주 작은 로봇이었다.

컴퓨터가 데이터를 꺼내서 완전히 해석하려면 시간이 걸려서, 리나와 지아는 그동안 우주선 로비에 앉아 기다렸다. 리나는 로봇을 팔면 비싸게 받을 거라며 신이 나 있었다. 두뇌까지 완전하게 보존된 로봇은 드물다는 것이다. 안 그래도 아빠가 아파서 돈이 필요한 상황이라 잘됐다면서, 돈을 많이 받으면 지아에게도 나눠 주겠다고 해서 지아는 깜짝 놀랐다.

"아냐, 그럴 필요 없어. 너 가져. 어차피 우리 도시는 돈을 안 쓰는걸."

"아, 그렇지. 그럼 선물을 보내줄게."

지아는 괜찮다고, 리나에게 쓰라고 거듭 말했다. 아버지도 아프시고 하니 돈이 더 필요할 것이다. 리나는 아빠가 심한 병은 아닌데 일을 하긴 힘들어서 집에 있다고 말했다.

"아빠가 엄살이 좀 심하기도 해."

그렇게 말은 했지만, 들어보니 쉬운 상황은 아니었다. 리나는 아빠가 아픈 데다 나이 어린 동생이 둘이나 있었다. 리나가 돈이 될 만한 물건을 구해서 엄마에게 보내면 엄마가 물건을 팔아서 생활비와 학비를 마련했다. 리나는 걱정하지 말라고 했지만, 듣고 있으니 돈이 무섭게 느껴졌고 기분도 좋지 않았다.

리나는 웃으면서 말했다.

"걱정하지 마. 그 정도로 힘든 건 아니니까. 너희 도시는 돈을 쓰지 않으면, 네가 받는 이식 수술도 무료야?"

지아가 그렇다고 하자 리나는 정말 신기하다고 거듭해서 말했다.

마침내 우주선 컴퓨터가 양전자 두뇌에서 데이터를 꺼내 해석하고, 로봇의 원래 모습을 홀로그램으로 복원해 테이블 위의 허공에 띄웠다. 컴퓨터가 복원한 모습을 확인한 리나와 지아는 놀라기도 하고 실망하기도 했다. 지아가 중얼거렸다.

"…고양이잖아?"

리나가 말했다.

"컴퓨터의 분석에 의하면 장난감 고양이 로봇이래. 실제 고양이와 거의 비슷한 지능을 가지고 행동도 같았을 거래."

고양이가 좋으면 그냥 고양이를 키우면 될 것이지 장난감 고양이 로봇이라니, 지아에겐 황당하게 들렸다. 그만큼 로봇이 좋아서였을까? 우주선 컴퓨터가 로봇 두뇌에 접속해 두뇌를 작동시켰을 때였다. 두뇌가 켜지자 어떻게 신호를 받았는지 옆에 같이 놓여 있던 동력 부품도 다시 켜졌다. 곧 로봇 전체에 어제 봤던 푸른색 불꽃이 튀었다. 동력 부품에 있던 나노 머신이 로봇 전체로 퍼져나가 작동을 시작했다. 리나가 말했다.

"나노 머신이 로봇을 고치나 봐."

나노 머신은 순식간에 부품을 서로 연결해서 모습을 갖춰나갔다. 지아는 로봇이 저절로 움직이는 모습이 무섭고 놀라워서 멀리 떨어졌다. 하지만 로봇은 어차피 장난감 고양이였고, 수리가 끝났을 때도 작은 로봇 고양이일 뿐이었다. 리나가 말했다.

"페르시안 고양이 같아."

피부와 털은 없고 금속 뼈대만 있었지만, 몸이 통통하고 다리와 꼬리는 짧았다. 로봇 고양이는 몸을 영차 일으키더니 꼬리를 쭉 폈다. 로봇이 테이블 위에서 꼬리를 천천히 움직이는 모습을 보니 괜히 웃음이 나왔다. 로봇은 테이블에서 내려가고 싶은 표정을 지어도 지아와 리나가 내려주지 않자 잠시 망설이더니 테이블에서 냅다 뛰어내렸다. 그러곤 우주선 안을 여기저기 산만하게 뛰어다니다가 출구로 다가갔다. 당황한 리나가 우주선 컴퓨터에 얼른 명령했다.

"해치를 닫아!"

하지만 고양이 로봇이 더 빨라서 닫히는 해치 사이로 빠져나갔다. 얼른 다시 해치를 열고 지아와 리나가 로봇을 따라갔는데, 고양이 로봇은 뛰지 않고 천천히 어딘가를 향해 걸어가고 있었다.

리나가 외치면서 따라갔다.

"가지 마! 데이터 분석해야 해!"

하지만 로봇 고양이는 잡힐 듯 잡히지 않으면서 계속 앞질러 갔다. 지아와 리나는 로봇 고양이의 뒤를 따랐다.

"어디로 가는 거지? 혹시 다른 부품이 있는 곳일까? 그러면 좋을 텐데."

리나가 말했다. 모험치고는 심심했다. 고양이 로봇은 다리가 짧아서 걸음이 느렸고, 먼지만 날리는 썰렁한 벌판은 어차피 지아가 잘 아는 곳이었다. 데이터는 다행히 로봇 고양이가 테이블에서 탈출하기 전 우주선에서 모두 복사한 뒤 분석을 시도하고 있었다. 리나는 제발 나노 머신을 끄는 방법이 데이터에 있어야 하는데, 라고 초조한 표정으로 중얼거렸다.

지아는 주변을 둘러보다가 리나에게 말했다.

"로봇이 어디로 가는지 알 것 같아. 언덕 너머에 굴뚝이 있거든. 고대 로봇 문명이 남긴 구조물인데, 땅에 긴 쇠 파이프 같은 게 서 있어. 어렸을 때 거기서 많이 놀았어. 고양이가 그 방향으로 가고 있어."

곧 지아가 말한 굴뚝이 나타나자 리나가 말했다.

"저건 굴뚝이 아니고 데이터 전송 타워야. 고대 로봇 문명이 전파를 송수신하던 장치야. '데이터 전송 타워'라고 불러야 해."

고양이 로봇이 데이터 전송 타워로 다가가더니 타워 바로 밑 땅속에 있는 창고 출입구 위에서 뛰어다니기 시작했다. 출입구는 무거운 철문이었고 닫혀 있었기 때문에 로봇 고양이가 열 수 없었다. 지아가 말했다.

"굴뚝 밑에 비어 있는 공간이 있어. 하지만 문은 어른들이 항상 잠가놨어. 위험하니까 절대로 문을 건드리지 말라고 했어. 언젠가 한번은 문이 열린 걸 봤는데, 밑은 그냥 어두운 창고였고 쓰레기만 있었어."

고양이 로봇이 그곳에 들어가려고 하니, 두 사람은 일단 창고 문을 열었다. 지아와 리나는 각자 기계손으로 손잡이를 잡아 힘껏 당겼다. 무거운 철문이었지만 힘센 기계손으로 들어서 쉽게 열렸다. 문 너머에는 밑으로 향하는 계단이 있었고, 로봇 고양이는 짧은 다리로 열심히 계단을 내려갔다. 로봇을 따라 안으로 들어가니 어두운 창고였다. 이번에는 쓰레기도 없이 텅 비어 있었다. 지아는 먼지 냄새가 나는 어두운 창고를 둘러보며 말했다.

"놀이터 창고로 썼다가 놀이터를 닫으면서 물건도 다 빼냈나 봐."

창고 가운데에는 리나가 데이터 전송 시설이라고 말한 쇠기둥의 밑부분이 있었는데, 로봇 고양이는 기둥을 보자마자 달려가서 머리로 들이받았다. 쿵 소리와 함께 로봇 고양이의 머리와 타워가 접촉하자, 데이터 전송 타워 표면에 푸른 불꽃이 튀더니 전체로 번졌다.

리나가 말했다.

"나노 머신이 전송 시설에서도 작동을 시작했어. 로봇의 나노 머신이 타워도 복원하나 봐."

지아와 리나가 데이터 전송 타워에 천천히 다가가 지켜보는데, 갑자기 펑 소리와 함께 로봇의 몸이 땅에서 튀어 오르더니 그대로 분해되어 바닥에 흩어졌다. 지아와 리나는 놀라서 움찔 뒤로 물러섰다. 잠시 뒤 어두운 허공에 흰색 홀로그램으로 글자가 떠올랐다. 고대 로봇 문명의 문자였다. 지아는 고대 문명 문자를 완벽히 아는 건 아니지만 지금 공중에 있는 글자는 무슨 뜻인지 알았다.

수리가 불가능합니다. 로봇의 데이터 수집 완료 후 전송했습니다. 로봇은 자동으로 파기했습니다.

"수리? 데이터? 무슨 데이터? 어디로 전송했다는 거야?"

지아가 중얼거리는데 잠시 뒤 홀로그램 글자가 바뀌었다.

다른 로봇의 데이터를 수집하시겠습니까?

리나가 말했다.

"여기는 로봇 수리 센터였나 봐."

이 굴뚝(데이터 전송 타워)이 원래 로봇을 고치는 장소였던 것 같다고 리나가 말했다. 고양이 로봇도 그래서 이곳을 찾아왔고, 고양이 로봇이 손상이 심해 수리가 불가능하자 굴뚝이 데이터만 저장하고 로봇은 부순 것이다. 그리고 다른 로봇도 고치겠느냐고 묻고 있었다. 허공의 홀로그램은 분명히 그런 뜻이라고 리나가 주장했다. 그리고 이 사실을 이전에도 알아낸 사람이 있을 것이라고 했다.

"설마 이 기둥이 무슨 용도인지 아무도 몰랐을까? 분명히 누군가 비슷한 발견을 했을 거야. 어딘가 자료가 있을지 몰라. 찾아야겠어. 그래야 나노 머신을 끄는 방법도 알아내지."

지아와 리나는 가까이 다가가서 타워의 표면을 자세히 살펴보았다. 푸른빛이 여전히 일렁이고 있었다. 이전에 농구 골대로 사용했을 때는 한 번도 본 적 없는 광경이었기 때문에 지아는 신기하기도 하고 무섭기도 했다. 리나가 손가락 끝으로 타워를 만졌는데 아무 느낌 없었다. 그때 갑자기 푸른빛이 강하게 일렁이더니 리나의 기계손이 타워에 달라붙었다.

"안 떨어져!"

리나가 소리쳤다. 사람 손으로 변한 왼손은 그대로인데 오

234   235

른손만 달라붙었다. 다시 허공에 홀로그램 글자가 나타났다.

로봇을 수리하시겠습니까?

"안 해!"

리나가 소리쳤지만 손은 떨어지지 않았다. 지아가 놀라서 리나의 손을 잡아당기다가, 이번에는 지아의 왼손도 붙고 말았다. 둘은 소리를 지르면서 잡아당겼지만 아무리 힘을 줘도 전혀 움직임이 없었다. 더 놀라운 건 두 사람의 기계손이 천천히 사람 손으로 변하는 것이었다. 허공의 홀로그램 글자도 바뀌었다.

수리를 선택하셨습니다.

"아니, 원하지 않는다니까! 하지 마!"

지아가 소리쳐도 당연히 소용이 없었다. 손가락 끝부터 나노 머신이 덮으면서 천천히 사람 손처럼 변했다. 지아와 리나는 타워를 발로 차기도 하고 다른 손 주먹으로 두들기기도 했지만 강력한 자석에 달라붙은 것처럼 붙어서 움직일 수 없었다. 홀로그램 글자가 다시 변했다. 지아가 어떻게 해야 타워를 멈출 수 있을지, 머리로 들이받기라도 해야 하나 고민하는데 아이디어가 떠올랐다.

"레이저가 있었지!"

리나가 효과가 강해졌으니 절대로 쓰지 말라고 한 레이저가 손가락에 있었다. 오른손을 권총처럼 겨누자 검지 손끝에서 레이저가 나왔고, 지아는 레이저 광선을 타워로 향했다. 레이저가 타워 표면을 달구면서 불꽃이 튀었다. 처음엔 변화가 적었다가 레이저 광선이 점점 강해지면서 타워 전체를 달궜다. 타워 표면의 푸른빛이 사라지고 곧 투둑, 뭔가가 안에서 부서지는 소리가 나면서 빛이 완전히 꺼졌다. 두 사람의 손도 타워에서 떨어졌다.

"멈췄어."

리나가 얼이 빠져서 말했다. 사람 손처럼 바뀌었던 손도 천천히 원래대로 돌아왔다. 두 손을 덮었던 나노 머신이 아주 고운 먼지가 돼서 허공으로 흩어지는 모습을, 지아와 리나는 멍하니 지켜보았다.

두 사람은 다시 원래로 돌아온 손을 붙잡고 얼이 빠져서 창고에서 나왔다. 우주선을 타고 날아가면서도 여전히 기운이 없었다.

"손이 원래대로 돌아왔으니 다행이야."

지아는 그 말만 반복했다. 리나가 저절로 폭발해서 망가진 로봇 고양이 부품을 다시 테이블에 늘어놓고 말했다.

"어쨌든 큰 발견이야. 오래된 문명의 로봇을 찾았고, 심지어 복구해서 작동하기도 했으니까 학자들이 좋아할 거야. 나노 머신이 있었던 사실을 믿어줄진 모르겠지만 그것도 좋아할 거야. 돈도 많이 받을 수 있을걸. 아빠 병원비도 보태고 생활비로도 쓰고 그래야지."

그러더니 리나가 갑자기 지아에게 미안하다고 사과했다.

"내가 너에게 부품을 열어달라고만 하지 않았으면 이런 일은 안 일어났잖아. 너무 미안해. 로봇을 팔아서 돈을 벌면 내가 꼭 보답할게. 돈은 쓰지 않을 테니까, 받고 싶은 선물 없어?"

그러지 않아도 된다고 하자, 리나가 말했다.

"너희 도시 사람들은 다른 것 같아. 우리는 뭐든지 계산이 철저하거든."

리나는 자신이 사는 도시 '어드벤처 시티'의 문화를 설명했는데, 그곳은 에스피 시티만큼이나 신기한 곳이었다.

"어드벤처 시티라는 우리 행성은 자원도 없고 기후도 좋지 않은 살기 힘든 곳이야. 그래서 우리는 도시에 오래 있지 않고 밖에 나가 일해서 돈을 벌어와. 나 같은 중학생이 집을 떠나 우주선을 타고 다니면서 일하는 게 특이한 경우가 아니야. 흥미롭지 않아? 어드벤처 시티도 에스피 시티처럼 물자가 부족한 도시인데 어려움을 해결하는 방법은 전혀 다르잖아. 우리는 밖으로 나가서 돈을 버는 방법을 선택했고 너희는 나눠 쓰는 방법을 선택했으니까."

그래서 돈을 벌어야 하고 일을 쉴 수 없었던 것이다. 지아는 '나도 어드벤처 시티에서 태어났다면 우주선을 타고 다니면서 일을 했겠지'라고 상상해봤지만 잘 떠오르지 않았다.

"그런데 왜 우리 손이 사람 손으로 변했을까?"

리나와 지아는 왜 기계손이 변했는지, 특히 타워에 닿으면서 더 빨리 변하기 시작한 이유가 뭔지 이야기했는데, 어차피 지아가 타워를 레이저로 태워버렸으니 정확한 이유는 영원히 알 수 없을 터였다. 지아가 궁금했던 건 홀로그램 문자로는 '복구한다'고 했는데, 왜 사람 손처럼 복구했느냐는 거였다. 그 점이 계속 마음에 걸렸다.

"로봇 문명이니까, 로봇의 입장에서 '복구'한다면 손을 사람 손으로 바꿀 게 아니라 우리 몸을 로봇으로 바꿔야 하지 않나?"

리나가 대답했다.

"아니면 내가 손을 사람 손으로 복구해야 한다고 생각하고 있어서 그랬을 수도 있어. 홀로그램 문자에도 나왔잖아. 수리를 선택했다고. 내가 마음을 정하지 못해서 그랬던 것 같아."

하지만 리나가 분명 별로 바꾸고 싶지 않다고 한 것을 지아도 기억하고 있었다. 그런데 리나가 털어놓는 속마음은 약간 달랐다.

"어제부터 곰곰이 생각했는데, 너처럼 사람 손을 이식하고 싶은 마음이 없진 않았어. 물론 기계손이 편하긴 해. 수술을 반드시 하겠다는 것도 아니야. 하지만 나는 하고 싶어도 어차피 수술비가 없어서 못 해. 지금 기계손을 이식하면서 진 빚도 부모님이 아직 다 못 갚았어."

수술도 돈이 있어야 하는구나, 지아는 생각하고 한숨을 쉬었다. 다른 도시는 시의회에서 다 해주지 않는다는 사실을 잊고 있었다. 아니, 알고는 있었다. 하지만 직접 들으니 느낌이 달랐다. 리나가 말했다.

"너희 도시와 정말 다르지? 교육, 의료 혜택이 무료라니 에스피 시티는 아이들에게 좋은 도시야."

지아는 리나의 기계손이 부러웠는데, 반대로 리나는 이식 수술을 받는 지아를 부러워했던 것이다. 리나의 손이 멋있어 보인다고 철없이 말했던 것이 지아는 미안했다. 그리고 큰돈이 들어가서 하고 싶은데 못 하는 사람도 있다는 사실을 깨닫고 지아도 생각이 조금 달라졌다.

지아가 리나에게 말했다.

"나도 가끔 사람 손이었으면 하고 바랄 때도 있었어. 어쨌든 사람들이 나를 다르게 받아들이니까. 그리고 체육 시간에 아이들이 같이 안 하려고 하거든. 너무 잘하니까. 나도 힘이 세니까 같이 하려고 하질 않았어. 그런 사소한 게 마음에 걸렸을지도 모르겠어."

그때 지아의 부모님에게 전화가 왔다. 괜찮냐고 묻는 전화여서, 괜찮고 열도 내려서 병원에 갈 필요 없다고 얼른 대답했다. 부모님이 일찍 끝날 것 같아서 집에 얼른 가야 했다. 리나가 우주선으로 바래다주겠다고 해서 빨리 근방에 도착했다. 내리면서 인사를 나눌 때 리나가 말했다.

"나도 아빠가 괜찮은지 빨리 집에 가봐야겠어."

그렇게 지아는 이상한 모험 끝에 원래대로 돌아온 기계손을 가지고 집으로 돌아왔다.

2주 뒤 지아는 우주에서 가장 큰 병원으로 갔다. 우주선 전체가 거대한 병원이었고 온 우주에서 가장 시설도 좋고 기술도 뛰어난 병원이라고 했다. 입원하고, 여러 가지 검사를 하고, 수술을 준비하고, 이식 수술을 끝마치고, 열흘 동안 경과를 보면서 물리치료를 했다. 물리치료가 예상보다 잘 진행돼서 손으로 나이프를 쥐거나 등을 긁거나 하는 동작은 금방 해냈고, 3주 뒤 집으로 왔을 때는 이전의 기계손을 거의 잊고 지금의 손을 자신의 손으로 느낄 정도였다.

지아가 집에 도착했을 때 택배가 하나 와 있었다. 보낸 사람 이름이 '리나'여서, 얼른 택배 상자를 열었다. 안에 선물 상자가 있고, 그 선물 상자 안에 스위스 아미 나이프가 있었다. 지아는 정말 깜짝 놀랐다. 설마 리나의 손에 붙어 있던 그 스위스 아미 나이프인가? 리나도 지아처럼 이식 수술을 끝내고 나이프도 떼어낸 건가? 지아는 얼른 리나에게 전화를 걸었다.

리나가 웃으면서 대답했다.

"아니, 그건 그냥 내가 너에게 주려고 산 선물이야. 나는 이식 수술이 안 된대. 수술은 잘 끝났어? 경과는 어때?"

리나와 지아는 그동안 있었던 일을 서로 이야기했다. 리나는 로봇 고양이 부품을 인류 문명을 연구하는 역사학 교수한테 비싸게 팔았다고 했다. 아빠도 건강해졌고, 리나도 이식 수술을 받을 수 있는지 병원에서 상담을 받았는데 리나의 경우는 아직 기술이 없다고 했다. 지아나 리나나 똑같이 손이 없긴 하지만 손목의 뼈와 신경 조직이 달라서 그런 듯했다.

"난 아쉽지 않아. 기계손도 좋으니까. 돈을 더 벌어서 완전히 사람 손처럼 보이는 기계손을 달까도 싶어."

리나는 조만간 에스피 시티로 다시 가고 싶다고 했고, 둘은 그때 만나기로 하고 통화를 끝냈다. 그리고 또 전화가 왔는데, 이번에는 지아의 친구 나은과 하윤이 집으로 오겠다는 전화였다. 그들은 같이 쇼핑하러 가자고 말했다. 필요한 물건이 많지 않느냐고, 손톱깎이나 핸드크림을 사러 가자고 했다. 둘 다 이미 있지만, 앞으로도 계속 필요하긴 하겠지. 전화를 끊고 친구들이 오길 기다리다가, 이전에 외출할 때면 기계손을 감추기 위해 썼던 장갑을 보았다. 이제는 필요 없겠구나. 이전에 손이 갑자기 변했을 때, 장갑을 끼었다가 기묘한 촉감에 흠칫 놀랐던 순간도 떠올랐다. 지금은 양손 모두 사람의 손이고 사람 피부의 감각에도 많이 적응한 참이다. 새로운 손을 가지고 새로운 생활을 시작할 때가 왔음을 지아는 실감했다. 앞으로의 생활이 지금까지와 다를까? 다르다면 어떻게 다를까? 지아는 생각에 잠긴 채로 외출을 준비했다.

어느 날 문득, 내가 달라졌다

초판 1쇄 발행 2022년 2월 23일
초판 4쇄 발행 2023년 5월 12일

지은이 | 김이환, 장아미, 정명섭, 정해연, 조영주

발행인 | 박재호
주간 | 김선경
편집팀 | 강혜진, 이복규, 허지희
마케팅팀 | 김용범
총무팀 | 김명숙

디자인 | 디자인 잔
일러스트 | 조현아
교정교열 | 김필균
종이 | 세종페이퍼
인쇄·제본 | 한영문화사

발행처 | 생각학교
출판신고 | 제25100-2011-000321호
주소 | 서울시 마포구 양화로 156(동교동) LG팰리스 814호
전화 | 02-334-7932 **팩스** | 02-334-7933
전자우편 | 3347932@gmail.com

ⓒ 김이환, 장아미, 정명섭, 정해연, 조영주 2022

ISBN 979-11-91360-40-0 (43810)